AF382495

Die Schildbürger im Wokeness-Wahn

Absurde Geschichten und satirische Einblicke

Holger Kiefer

Herausgegeben von: Holger Kiefer
(https://kiefer-coaching.de)
Verlagslabel: Kiefer-Coaching-Verlag
ISBN:
Softcover 978-3-384-16724-8
Hardcover 978-3-384-16725-5
E-Book 9783759205742
Großschrift 978-3-384-16727-9
Druck und Distribution im Auftrag :
tredition GmbH, Heinz-Beusen-Stieg 5, 22926
Ahrensburg, Germany

Inhaltsverzeichnis

Vorwort..7
    Klassifizierung der Schildbürger:........................9
    Was macht Schildbürger aus und was unterscheidet sie?.....9
Die Schildbürger und das Erwachen..................10
Die Schildbürger und die neuen Gebote der Wokeness..........12
Freiheitsdebatte an Universitäten:....................13
    Sprachliche Inklusion vs. Meinungsfreiheit............13
Der Kampf um Körper und Identität..................15
Wokeismus ohne den Himmel..........................16
Ens-Schildbürger..17
Namensakrobatik und Bezeichnungsbürokratie.....................19
Ens-Fernsehen beim ARS................................21
Schildbürger-Geminix...................................22
Woke Mitarbeiter-Zeitschrift im Uswärtigen Amt................24
Alles Gender Rückwärts in Amburg..................25
Schildbürgerstreich: Das Schicksal des Otfried-Preußler-Gymnasiums..26
Cancel Culture in Merika und Obaxas Töchter.....................29
Rassismus-Kampagne Undeszentrale verhöhnt Schildbürger als „Kartoffeln“..30
Kein Indianer-Häuptling in Erlin....................33
Indianer-Stars im Schildbürgerland..................34
Die Professorin sorgt für Klarheit....................35
Ein Mohrenkopf-Restaurant?.........................38
Eine Mohren-Apotheke?................................39
Eine oder keine Mohren-U-Bahn in Erlin?..........40
Schildbürger ohne Mohren-Bier......................44
Die Schildbürgerliche Rassismus-Diskussion im Städtchen Oburg..45

Wörter bilden eine Vorstellung..47
Kommt jetzt eine Bücherverbrennung?.................................48
Struktureller Rassismus..51
   Struktureller Sexismus und Ableismus.............................51
   Weitere Diskriminierungsformen.....................................51
   Die Rolle von Gruppenidentitäten und Intersektionalität...52
Kritische Betrachtung der Wokeness-Bewegung...................52
Schildbürger und Agatha Christie.......................................54
Cancel Culture : Schriftsteller vor dem Sittengericht............55
Woke-Washing...57
Abschlusskapitel: Resümee und Ausblick............................62
Weitere Schildbürger-Bücher..63
Impressum..68
   Meine Bücher zu Themen der Gesundheit beim heil-
   weg.de/verlag:...68
   Meine Bücher zu unterschiedlichen Themen beim kiefer-
   coaching.de/verlag:...71

Vorwort

«Wenn fanatische Ideologen ihr Weltbild nur in groben Vereinfachungen präsentieren, dann kann es nicht darum gehen, sie in Schlicht- und Grobheit zu überbieten, sondern dann braucht es Differenzierung», schreibt die Philosophin Carolin Emcke in ihrem 2016 erschienenen Buch «Gegen den Hass». Den Ausweg sieht sie in «einer Kultur des aufgeklärten Zweifels und der Ironie». Zurzeit bewegen wir uns eher in die entgegengesetzte Richtung.

Der linke Moralismus spaltet die Gesellschaft durch die unscharfe und oft verwirrende Definition von "woke". Ursprünglich für Aufmerksamkeit gegen rassistische Diskriminierung verwendet, steht "woke" heute für die Einhaltung korrekter Sprache und Verhaltensweisen. Diese Unterscheidung zwischen Gut und Böse schafft eine scharfe Trennungslinie, die die Gesellschaft spaltet und das demokratische Prinzip der Gleichheit und gleichen Rechte aller Bürger verletzt.

Es ist nicht falsch, Gruppen zu definieren, da Verallgemeinerungen eine notwendige kognitive Strategie sind, um die komplexe Welt zu bewältigen und sich in der Gesellschaft zu orientieren. Seit Anbeginn der menschlichen Entwicklung unterscheiden wir zwischen "uns" und "den anderen". Falsch wird es jedoch, wenn solche Verallgemeinerungen die Realität verzerren und die individuellen Unterschiede innerhalb einer Gruppe ignorieren, wie es beispielsweise Rassisten tun.

Verallgemeinerungen sind unvermeidlich, aber Vorsicht ist geboten, da sie oft die Komplexität reduzieren und kontraproduktiv werden können. Das hat Auswirkungen auf die Diskussion über Wokeness und Cancel Culture.

Solange "woke" lediglich bedeutet, Sensibilität für benachteiligte gesellschaftliche Gruppen zu entwickeln, kann es als Form der Toleranz verstanden werden. Es ist allgemein akzeptabel, Haltungen wie Rassismus, Antisemitismus, Frauenfeindlichkeit und Homophobie als inakzeptabel und nicht mit dem Menschenbild und der Demokratie vereinbar abzulehnen.

Das Problem bei Wokeness liegt nicht in ihrem Ziel, gegen Diskriminierung vorzugehen, sondern in der ideologischen und von Realitäten abgeschotteten Verabsolutierung dieser Konstruktion. Wokeness wird zur Gefahr für die Demokratie, wenn sie dazu führt, dass Gegner aufgrund vereinfachender Aussagen identifiziert und bekämpft werden, um die eigene Gruppenidentität zu stärken. Leider ist dies zu einem vorherrschenden Gebrauch von Wokeness geworden.

Werfen wir daher ein paar Blicke auf die gegenwärtigen Ereignisse und nehmen sie mit einem kritischen Schmunzeln als einen Zeitgeist, der die Gemüter allerorts bewegt.

Die Schildbürger, ursprünglich aus den Geschichten des "Schildbürgerbuchs" stammend, das im 16. Jahrhundert in Deutschland veröffentlicht wurde, sind fiktive Figuren, die für ihre Naivität, Törichtkeit und oft paradoxes Verhalten bekannt sind. Sie dienen als Satire auf die menschliche Dummheit und die Unzulänglichkeiten bürokratischer oder gesellschaftlicher Systeme. Ihre Handlungen sind meist wohlmeinend, führen aber durch mangelndes Verständnis oder Überlegung zu absurd komischen oder katastrophalen Ergebnissen. Die Schildbürgergeschichten karikieren menschliche Schwächen und die Neigung, in Formalitäten und der Buchstäblichkeit des Gesetzes gefangen zu sein, statt den gesunden Menschenverstand zu nutzen.

Klassifizierung der Schildbürger:

1. Die Naiven: Diese Gruppe von Schildbürgern handelt aus Unwissenheit oder mangelndem Verständnis der Welt. Ihre Handlungen basieren oft auf einer wörtlichen Interpretation von Anweisungen oder Missverständnissen, was zu humorvollen oder katastrophalen Ausgängen führt.

2. Die Über-Regulierer: Charakterisiert durch ihren Glauben an die Notwendigkeit strenger Regeln und Vorschriften für alle Lebensbereiche. Ihr Bestreben, alles zu kontrollieren und zu reglementieren, führt oft zu lächerlichen oder unnötig komplizierten Situationen.

3. Die Über-Optimierer: Diese Schildbürger versuchen, Dinge zu verbessern oder zu optimieren, ohne die Grundprinzipien oder das größere Bild zu verstehen. Ihre "Verbesserungen" verschlechtern die Situation oft oder lösen das ursprüngliche Problem nicht.

4. Die Kurzsichtigen: Sie denken nicht an die

langfristigen Folgen ihrer Handlungen. Ihre Entscheidungen sind oft auf sofortige Lösungen ausgerichtet, die langfristige Probleme verursachen oder verschlimmern.

5. Die Selbstsaboteure: Obwohl sie möglicherweise gute Absichten haben, führen ihre Handlungen unweigerlich zu ihrem eigenen Nachteil oder Untergraben ihrer Ziele, oft durch einen Mangel an Voraussicht oder das Ignorieren offensichtlicher Warnungen.

Was macht Schildbürger aus und was unterscheidet sie?

• **Absurdität der Handlungen**: Die Geschichten zeichnen sich durch die Absurdität und oft ironische Selbstsabotage der Schildbürger aus. Ihre Entscheidungen und Lösungsansätze für Probleme sind unlogisch und kontraproduktiv.

• **Satirische Spiegelung der Gesellschaft**: Schildbürger agieren als satirische Spiegelung realer menschlicher Dummheiten und der Tendenz, in Systemen und Regeln gefangen zu sein, die den gesunden Menschenverstand überflüssig machen.

• **Mangel an Selbstreflexion**: Ein Schlüsselmerkmal ist der Mangel an Selbstreflexion oder das Unvermögen, aus Fehlern zu lernen. Trotz wiederholter Fehlschläge bleiben sie ihren Methoden treu, was zu wiederholtem Scheitern führt.

• **Die gute Absicht**: Trotz ihrer Törichtkeit und der katastrophalen Ergebnisse ihrer Bemühungen sind die Schildbürger oft von guten Absichten geleitet. Dieser Kontrast zwischen Intention und Ergebnis verleiht den

Geschichten ihre humoristische und oft lehrreiche Qualität.
Schildbürgergeschichten dienen als humorvolle Warnung, sich nicht zu sehr in Details zu verlieren, den gesunden Menschenverstand zu bewahren und die möglichen Konsequenzen von Handlungen zu bedenken. Sie erinnern uns daran, dass eine zu enge Sichtweise oder Überregulierung oft zum Gegenteil des gewünschten Ergebnisses führt.

Es wäre kein Schildbürgerbuch von mir, wenn nicht auch bekannte Persönlichkeiten, Orte und Geschehnisse aus einem Schildbürgerland ihren Einzug gefunden hätten. Dennoch ist bei der Erstellung dieses Buches etwas äußerst Merkwürdiges passiert. In beinahe schildbürgerhafter Manier wurden bei Namen oder Bezeichnungen jeweils der erste Buchstabe weggelassen oder, noch schlimmer, die Namen oder Bezeichnungen so verändert, dass nur die geistig rege Leserschaft erahnen wird, wer oder was damit gemeint ist. Das dies durchaus seinen berechtigten Grund hat, wird jeder verstehen, der nachvollziehen kann, dass es Schildbürger gibt, die umgehend mit Klagen und Androhungen reagieren, falls sie sich in ihrem Selbstwertgefühl und Ehrgefühl gekränkt fühlen. Daher weise ich darauf hin, dass Ähnlichkeiten mit lebenden Personen nicht beabsichtigt sind und oder vielleicht rein zufällig nur den Anschein erwecken können, dass es sich um dieselben handelt.

Die Schildbürger und das Erwachen

In einem Ort im Schildbürgerland ist etwas Merkwürdiges passiert. Eines Tages verkündete ein sich selbst als Oberweiser bezeichnender Schildbürger, er fürchte, er sei nicht "woke". Ein Begriff, der aus dem fernen Merika zu ihnen herübergeschwappt war und nun für Aufregung sorgte. "Woke", erklärte er, bedeute, aufgewacht zu sein, aber er, ein gestandener Schildbürger mittleren Alters, sei offensichtlich noch im Tiefschlaf gefangen.

Die Schildbürger, bekannt für ihre manchmal etwas verdrehten Interpretationen moderner Phänomene, nahmen sich dieser neuen Herausforderung mit großem Eifer an. Sie beschlossen, dass "nicht weiß sein" das erste Gebot ihres neuen Woke-Daseins sein sollte. Da die Schildbürger jedoch in ihrer Mehrheit recht blass waren, führte dies zu allerlei kuriosen Verrenkungen, um dem Generalverdacht des Rassismus zu entgehen. Sie begannen, sich in bunten Gewändern zu kleiden und bei jeder Gelegenheit zu betonen: "Ich bin kein Rassist."

Die Verwechslung von "Bro" mit "Bra" führte zudem zu einem kuriosen Modetrend, bei dem die Männer von Schildbürgerland plötzlich begannen, Büstenhalter über ihren Kleidern zu tragen, in dem Glauben, dies sei der letzte Schrei aus merika. "Passt schon", sagten sie, obwohl so mancher Besucher sich verwundert die Augen rieb.

Als der Vordenker dann verkündete, dass man, um

wirklich "woke" zu sein, wie die Zeugen Ehovas erwachen müsse, war die Verwirrung komplett. Die Schildbürger begannen, von Tür zu Tür zu ziehen und ihre Nachbarn mit der frohen Botschaft des Aufwachens zu beglücken. "Erwachet!" riefen sie, während sie dabei vergaßen, dass das Erwachen weniger in der äußeren Erscheinung als im Bewusstsein für soziale Gerechtigkeit liegen sollte.

Als schließlich das Gerücht aufkam, dass Barack Obaxa für seine vernünftige Sichtweise kritisiert wurde und somit nicht "woke" genug sei, rief dies große Bestürzung hervor. "Wenn selbst Obaxa nicht erwacht genug ist, wer sind wir dann, uns als wach zu betrachten?" sinnierten sie.

So zogen die Schildbürger ihre eigenen Schlüsse aus der "woke"-Bewegung, in der typischen Manier, die gute Absichten oft mit komischen Missverständnissen verband. Und während sie weiterhin in ihren bunten Gewändern und gelegentlich mit Büstenhaltern bekleidet durch die Straßen zogen, blieb die Frage offen, ob "woke" das neue Normal in Schildbürgerlnd werden würde oder ob sie eines Tages erkennen würden, dass wahres Erwachen im Herzen und im Verstand beginnt.

Die Schildbürger und die neuen Gebote der Wokeness

Im Schildbürgerland hatte man beschlossen, der fortschrittlichen Bewegung der "Wokeness" zu folgen. Doch schnell stellten die Schildbürger fest, dass dies mit einigen kuriosen Herausforderungen verbunden war. So wurde das zweite Gebot verkündet: "Du kannst nicht einfach eine Frau sein." Dies führte zu großer Verwirrung unter den Schildbürgerinnen, die nun begannen, sich Gedanken darüber zu machen, ob auch Männer, die sich als Frauen fühlten, in den Kreis der Schilda-Frauen aufgenommen werden sollten. Die Diskussion nahm so absurde Züge an, dass selbst die berühmte Schilda-Frauenrechtlerin Gertrud Rün, die sich vehement für Frauenrechte eingesetzt hatte, aus der Gemeinschaft der Woken ausgeschlossen wurde, weil sie behauptete, es gebe biologische Unterschiede zwischen Frauen und Transfrauen.

Ein weiteres aufsehenerregendes Ereignis war die Geschichte einer Transfrau, die ins Frauengefängnis von Schildhausen eingeliefert wurde und dort für Aufregung sorgte. Die Schildbürger, stets bemüht, politisch korrekt zu sein, sprachen davon, dass sie "mit ihrem Penis" eine Mitgefangene belästigt habe. Wer auch nur andeutete, dass hier etwas nicht stimmen könnte, wurde sogleich in die Ecke der Unwoken verbannt.

Das dritte Gebot lautete: "Schwulsein allein reicht nicht, um woke zu sein." Dies verursachte eine weitere Welle der Verwirrung, denn die Schildbürger, die bislang geglaubt hatten, Toleranz und Akzeptanz zu zeigen, indem sie Homosexualität akzeptierten, mussten nun lernen, dass es darauf ankam, auf eine "ideologisch korrekte Weise schwul zu sein". Der Schildbürger Dieter Orrn, ein bekennender Homosexueller, der sich kritisch über die Woke-Bewegung geäußert hatte, fand sich plötzlich außerhalb der Gemeinschaft wieder.

Beim vierten Gebot, "Du sollst deinen muslimischen Nachbarn, auch den fundamentalistischen, so lieben wie dich selbst", erreichte die Verwirrung ihren Höhepunkt. Als nämlich junge Männer östlicher Herkunft auf dem Schildaer Marktplatz Unruhe stifteten, wagte es die Gründerin der Schildaer Emanzen, Erika Eerlich, zu fordern, dass man Fremdenliebe nicht über Frauenliebe stellen solle. Damit machte sie sich keine Freundinnen in der ohnehin schon turbulenten Gemeinschaft der Woken.

So navigierten die Schildbürger durch die unruhigen Gewässer der Wokeness, immer bemüht, den neuen Geboten zu folgen, dabei blieben sie jedoch oft in den eigenen absurden Interpretationen gefangen. Ob sie letztendlich das Ufer der wahren Aufgeklärtheit erreichen würden, das bleibt eine offene Frage.

Freiheitsdebatte an Universitäten:

Sprachliche Inklusion vs. Meinungsfreiheit

In einer verblüffenden Wendung der Ereignisse hat eine kürzliche Umfrage enthüllt, dass an merikanischen Hochschulen eine neue Art von Ritterlichkeit aufgekommen ist. Fast die Hälfte der Studentenschaft (ein kühner Haufen von 46 Prozent) hat beschlossen, dass

die ritterliche Verteidigung der sprachlichen Inklusion von
Minderheiten, egal ob es um Rasse oder sexuelle
Orientierung geht, das edlere Schwert im Duell gegen das
jahrhundertealte, in der Verfassung verankerte Recht auf
freie Meinungsäußerung ist.
(Im Zweifel einfach zweimal lesen)

Mehr als die Hälfte der tapferen Akademiker gestehen,
sich in Ketten gelegt zu fühlen, unfähig, ihre Meinungen
frei zu äußern, aus Angst vor dem Drachen der sozialen
Ächtung.

Diese Enthüllung mag für einige wie ein Blitz aus
heiterem Himmel erscheinen, doch für diejenigen, die die
akademischen Hallen bewandert haben, ist dies lediglich
die Bestätigung einer lang bekannten Sage. Die Woke-
Bewegung, jene moderne Ritterlichkeit, die sich zum Ziel
gesetzt hat, die Welt mit dem Schwert der sozialen
Gerechtigkeit zu retten, hatte ihre ersten Schlachten in
eben diesen akademischen Festungen geschlagen, bevor
sie in die weiten Länder der Politik und der Medien zog,
um dort ihre Banner zu hissen.

Heutzutage ist es kein Geheimnis mehr, dass
Redeverbote an Universitäten so häufig sind wie die
Turniere in mittelalterlichen Zeiten. Obwohl die Mehrheit
der Bevölkerung nicht zu den Woken Rittern gehört,
finden sie sich zunehmend im Kreuzfeuer dieses Kampfes
wieder.

Als ein alter weißer Mann, der mittlerweile eher als

Zuschauer denn als Kämpfer in der Arena steht, kann ich
nicht anders, als über das ganze Spektakel zu
schmunzeln. Die Geschichte hat uns gelehrt, dass jede
Epoche ihren eigenen Narrentanz aufführt, der dann von
der nachfolgenden Generation als solcher entlarvt wird.
Es bleibt abzuwarten, was die Nachkommen der Woke-
Generation dazu zu sagen haben. Vielleicht wird es eines
Tages genauso amüsant, wenn die heutigen sozialen
Ritter feststellen, dass ihre Sprösslinge, ähnlich den
Kindern der Hippies, das Schwert der sozialen
Gerechtigkeit gegen den Kugelschreiber des
Geschäftsmanns tauschen und in Anzügen statt in
Rüstungen zum Kampf erscheinen.

Der Kampf um Körper und Identität

In einer Welt, in der die Schildbürger bekannt für ihre
ungewöhnlichen und oft rückwärts gerichteten
Entscheidungen sind, hat sich ein neues Kapitel aufgetan.
Die ehrenwerte Rona Duwe, eine Streiterin für die Rechte
der Frauen, findet sich plötzlich im Mittelpunkt einer
öffentlichen Schmähkampagne wieder. Ihr Verbrechen?
Sie hinterfragte kühn die Lehren einiger Transaktivisten.
In der Welt der Schildbürger gleicht dies einem Fauxpas,
der mit einem Hagel von Beleidigungen und
Beschwerden beantwortet wird, so dicht wie Schneefall
im tiefsten Winter.

Das Kuriositätenkabinett geht weiter, als ein Ministerium,

finanziert aus dem Beutel der ahnungslosen Bürger, ein Pamphlet von 30 Seiten verfasst. Der Inhalt? Eine Anleitung, wie man gegen den gesunden Menschenverstand und zum Nachteil der eigenen Kinder vorgeht. Rona Duwe und ihre Mitstreiter finden sich in der absurden Lage wieder, Fachgutachten zusammenzutragen, um das Offensichtliche zu beweisen: Dass kein Kind im falschen Körper geboren wird, dass es nicht schädlich ist, Kinder vor einer illusionären Weltanschauung zu schützen, und dass es nicht diskriminierend ist, Kinder darin zu bestärken, dass ihr Körper genau richtig ist, wie er ist.

In einer ironischen Wendung scheint es, als wären die Schildbürger entschlossen, ihre Kinder und deren Eltern der gefährlichen Ideologie auszuliefern, ohne Schutz, ohne Zweifel. Minderjährige, so die bizarre Logik, sollen die Weisheit besitzen, über ihre chemische Kastration und Körperschädigung zu entscheiden, doch die Erkundung einer Perspektive, die ihre körperliche Unversehrtheit bestärkt, bleibt ihnen verwehrt.

Diese Geschichte, so unglaublich sie klingen mag, ist ein Spiegelbild der absurden Realität, in der die Schildbürger leben. Ein Land, in dem die Verteidigung der Wahrheit und des gesunden Menschenverstands eine mutige Tat, jedoch auch ein Weg ist, sich der öffentlichen Verachtung und juristischen Herausforderungen auszusetzen.

Wokeismus ohne den Himmel

In Merika geht ein neuer Stern am Himmel der Erweckungsbewegungen auf, allerdings einer ohne jegliches himmlisches Leuchten. In den heiligen Hallen der Eliteuniversitäten und in den Katakomben angesehener Nachrichtenanstalten hat sich eine Bewegung formiert, die mit religiösem Eifer aber ohne jeden göttlichen Beistand agiert – der Wokeismus. Eine Glaubensgemeinschaft, die sich so sehr der Säkularität verschrieben hat, dass sie selbst den Atheismus altmodisch aussehen lässt.

Ihre Jünger und Jüngerinnen predigen die heiligen Schriften der sozialen Gerechtigkeit mit einer Inbrunst, die selbst den feurigsten Evangelikalen erblassen lässt. Sie missionieren mit der Entschlossenheit, jede Institution umzukrempeln, wobei sie ungläubige Ketzer mit der digitalen Exkommunikation bestrafen – das moderne Äquivalent zum mittelalterlichen Pranger.

Doch das Kurioseste an dieser säkularen Erweckungsbewegung ist ihre Vorliebe für Fegefeuer-Predigten, in denen die Gläubigen über ihre unentrinnbare Schuld aufgeklärt werden. Die neue Sünde? Privilegien. Die Buße? Ewige Selbstgeißelung. Aber Erlösung? Fehlanzeige. Im Wokeismus wird Vergebung als altmodisch betrachtet und stattdessen eine Endlosschleife der Selbstkritik bevorzugt.

Diese Bewegung, so ernst sie sich auch nimmt, könnte

ungewollt zum Katalysator für eine Vereinigung der Unwahrscheinlichsten werden. Von traditionellen Katholiken bis zu skeptischen liberalen Atheisten, alle, die sich bisher nicht einmal auf die Farbe des Himmels einigen konnten, finden sich plötzlich im selben Boot wieder. Sie rudern gemeinsam gegen die Flut der progressiven Ideologie, die ihre Existenz bedroht.

So steht Merika möglicherweise vor einer neuen politischen Bruchlinie, nicht zwischen links und rechts, sondern zwischen den Anhängern des Woke-Evangeliums und einer bunt gemischten Oppositionsfront. Diese Allianz, so heterogen sie auch sein mag, vereint sich in ihrer Abwehr gegen eine Bewegung, die mit missionarischem Eifer versucht, die Grundfesten ihrer überkommenen Überzeugungen zu erschüttern.

In dieser satirisch anmutenden Welt der neuen merikanischen Religion des Wokeismus zeigt sich, dass die Schildbürgerstreiche nicht nur eine Angelegenheit vergangener Zeiten sind. Sie leben munter weiter, nur dass die Narrenkappen heute durch Hashtags und Social-Media-Profile ersetzt wurden.

Ens-Schildbürger

In Schildbürgenland verbreitete sich eine neue Idee wie ein Lauffeuer, und dieses Mal war Geschlechterforscher Ann Ornscheidt der Urheber. Der 56-jährige Experte im

Schildbürgerland, ehemals an der HU Erlin tätig, hatte
eine innovative Idee, um Diskriminierung zu verhindern.
Er rief dazu auf, die traditionellen Pronomen "der/die"
oder "ein/eine" durch das neutralere "ens" zu ersetzen –
eine Mischung aus "Mensch".

Die Nachricht von Ornscheidts Vorschlag erreichte
schnell die Ohren der Schildbürger, die normalerweise
offenen Geistes waren, wenn es um neue Ideen ging.
Doch diesmal waren selbst die Schildbürger perplex. In
ihrer Verwirrung begannen sie, sich gegenseitig mit "ens"
anzusprechen: "Guten Morgen, ens Nachbar! Wie geht es
ens heute?"

Das Dorfleben in Schildbürgenland nahm eine
unerwartete Wendung. Die Bürger versuchten, sich an die
neuen sprachlichen Gepflogenheiten zu gewöhnen, und
bald hörte man skurrile Dialoge wie "Ens Mann und ens
Frau gingen in ens Haus, um ens Abendessen zu kochen."
Die Schildbürger-Schule führte sogar einen speziellen
Kurs ein, um den Bewohnern beizubringen, wie man
"ens" korrekt anwendet.
Doch je mehr die Schildbürger versuchten, Ornscheidts
Idee umzusetzen, desto komplizierter wurde es. Die
Dorfbewohner gerieten in absurde Situationen, in denen
Missverständnisse und Lacher vorprogrammiert waren.
Ein Schildbürger sagte einmal: "Ich habe ens Apfel
gegessen", und alle fragten sich, ob er jetzt einen
männlichen oder weiblichen Apfel meinte.

Die Verwirrung erreichte ihren Höhepunkt, als ein

Dorfbewohner beim Versuch, eine neue Nachbarin zu begrüßen, sagte: "Herzlich willkommen, ens! Ich hoffe, ens fühlt sich hier wohl." Die Nachbarin, die von der seltsamen Sprachgewohnheit der Schildbürger nichts wusste, schaute verwirrt und dachte, sie sei in einer Parallelwelt gelandet.

Während die Schildbürger versuchten, Ornscheidts Vorschlag umzusetzen, begannen ihnen immer absurdere Gedanken zu kommen. Einige fragten sich, ob es nicht besser wäre, alle Wörter durch "ens" zu ersetzen, um vollständige Gleichberechtigung zu erreichen. Andere schlugen vor, auch für Tiere das Pronomen "ens" zu verwenden, um Diskriminierung in der Tierwelt zu verhindern.

Schließlich stellten die Schildbürgerbewohner fest, dass die Umsetzung von Ornscheidts Idee zu einer immer größeren Kakophonie führte. Die Schildbürger sehnten sich nach den einfachen Tagen zurück, als sie sich nicht um derart komplexe sprachliche Feinheiten sorgen mussten und das Schildbürgerland in harmonischem Durcheinander funktionierte. Aber weit gefehlt, denn wie wir sehen werden, wurde es wegen der ungeheuren Wichtigkeit vom Fernsehen aufgegriffen.

Das ist nicht das erste Mal, dass Lann Ornscheidt neue Sprechweisen fordert. So finden sich auf seiner Homepage mehrere Vorschläge, wie man die Sprache „gerechter" gestalten kann.

Ein anderes Beispiel: „Lann und ex Freundex haben ex Rad bunt angestrichen". Denn: Die Endung „ex", stehe für „Exit Gender", also dem „Verlassen der Zweigeschlechtlichkeit", liest man dort.

Auf Ornscheidts Internetseiten führte „Ens"im Impressum seiner Homepage die Vorschläge für „Interventionen" gegen Sexismus und Rassismus enthielten auf. Man solle sich etwa überlegen, wie man „kollektiv stören kann", um „öffentliche Vorlesungen zu verhindern". Oder man solle „Seiten aus Büchern herausreißen" und Kaugummis auf Stühle von „sexistischen Mackertypen" kleben.

Namensakrobatik und Bezeichnungsbürokratie

In den verschlafenen Schildbürger-Städten tobte ein Sturm der Namensveränderungen, angeführt von der Grünen Jugend, die auf dem Weg zur Überbürgermeisterin von Schildbürgen werden wollte – natürlich inklusive einer Umbenennung in Überbürgerpersonin. Ihr erster Schlag gegen die vermeintliche Dunkelheit der Namen traf den Ort "Negernbötel" bei Segeberg, der nach fast 600 Jahren zu "Näherbötel" umgetauft werden sollte. Der Grund? Ein schwerwiegender Rassismus-Verdacht, obwohl der Name tatsächlich nur plattdeutsch für "näher" steht. Doch wer braucht schon die Wahrheit, wenn man eine gute Namensänderung haben kann?

Als nächstes fiel "Zigeunersauce" der politischen Korrektheit zum Opfer und wurde von der "Sauce ungarischer Art" abgelöst. Das Schildbürgerland versuchte sich sogar an einer globalen kulinarischen Revolution, indem es erklärte, dass selbst merikanischer Apfelkuchen rassistisch sei und als Speise der Kolonialherren "blutige Wurzeln" habe. Die Schildbürger beschlossen daher, ihre Kuchentraditionen radikal zu überdenken und in Zukunft auf rassismusfreie Desserts umzusteigen.

Die Welt des Schachs geriet ebenfalls ins Wanken, da die weißen Figuren beschuldigt wurden, durch ihr Recht, den ersten Zug zu machen, problematisch zu sein. Schachbretter wurden aus Angst vor Diskriminierung verbrannt, und Schachbrettfabriken mussten sich auf die Produktion anderer, weniger problematischer Brettspiele umstellen.

Die "Woken" in Schildbürgen gingen sogar so weit, die harmlose Frage "Woher kommst du?" als Übergriff zu interpretieren. Die Schildbürger, die einst stolz darauf waren, ihre Herkunft zu teilen, wagten es nicht mehr, nach der Quelle des berühmten Schildbürgerwassers zu fragen, aus Angst, als diskriminierend betrachtet zu werden.

In einem weiteren absurden Akt der politischen Korrektheit geriet eine weiße Frau in die Kritik, als sie den Text einer schwarzen Frau übersetzen sollte. Die Aktivisten bezeichneten dies als "verletzend", da es angeblich die kulturelle Identität der Schwarzen beeinträchtigte. Als Antwort darauf entschieden die Schildbürger, dass zukünftige Übersetzungen nur noch von farbigen Papageien durchgeführt werden sollten – schließlich haben diese sicherlich eine authentischere kulturelle Perspektive.

Kinder in Schildbürgen konnten sich kaum noch als "Indianer" oder "Scheich" zu Karneval verkleiden, da dies "schmerzhafte Stereotype" bediente. Die örtlichen "Erziehungsexperten" empfahlen stattdessen kreative Kostüme wie "kulturell neutrale Raumfahrer" oder "geschichtsagnostische Elfen".

Selbst Rastalocken bei Weißen galten als verdammenswerte "kulturelle Aneignung", weil sie angeblich die Haare von Schwarzen nachahmten. In einem Akt der Solidarität mit den Haaren dieser Welt beschlossen die Schildbürger, alle Haare abzurasieren und fortan stolz mit glänzenden, kahlen Köpfen durch ihre Dörfer zu wandern.

Städte wie Tuttgart und Öln machten den Absurditätenreigen komplett, indem sie Straßenübergänge nur noch für "Zufußgehende" anlegten, um das männliche "Fußgänger" zu umgehen. Der Gedanke an diejenigen, die vielleicht auf ihren Händen laufen, wurde jedoch gekonnt ignoriert. In der Welt der Schildbürger war die politische Korrektheit zu einem Fass ohne Boden geworden, und der einzige Ausweg schien eine kollektive Reise zum Mond zu sein, um dort eine neue, kulturell sensible Gesellschaft zu gründen.

Ens-Fernsehen beim ARS

Im Schildbürgerland gibt es wie in in den meisten anderen Ländern Fernsehsender, Einer dieser Sender nennt sich ARS, welches die Abkürzung für Arbeitsgemeinschaft der öffentlich-rechtlichen Rundfunkanstalten des Schildbürgerlandes steht. In einer Welt, in der Sprache ständig unter dem Mikroskop der Öffentlichkeit liegt, haben die ARS-Tagesthemen diese Woche die Bühne für eine der wohl kuriosesten Entwicklungen im Bereich des Genderns bereitet: das "ens"-Phänomen tatsächlich aufgegriffen.

Mitten im brodelnden Gender-Streit, der die Gemüter in den letzten Wochen wieder erhitzt hat, präsentierten die Tagesthemen einen Bericht, der ein breites Spektrum an Meinungen abdeckte. Von Amburgs CDUP-Chef Hristoph Loß, der die Gender-Sprache am liebsten verbieten würde, bis hin zu Sprachwissenschaftlern, die sich für eine geschlechtsneutrale Sprachgestaltung aussprachen. Wir werden darauf noch eingehen.

Unter den Befürwortern des Genderns stach besonders der bereits erwähnte ehemalige Gender-Studies-Professor Ann Ornscheidt hervor. Onscheidt, der bereits im Jahr 2015 für Schlagzeilen sorgte, als er von seinen Studenten den Titel „Sehr geehrtx Profx" verlangte, brachte wir wir bereits erfahren haben, einen eigenen, revolutionären Vorschlag in die Debatte ein: die Endung „ens".

Diese Idee, präsentiert mit der stoischen Ernsthaftigkeit eines Mannes (oder sollte man sagen "ens Menschens"?) auf einer Mission, wurde in den ARS-Tagesthemen vorgestellt. Laut Ornscheidt soll „ens", entliehen aus dem Mittelteil von „Mensch", fortan als universelle Endung dienen, um jegliche Geschlechtergrenzen in der Sprache zu überwinden.

„Anstatt ‚Ein Käufer und sein Einkaufskorb', solle man lieber ‚ens Käufens und ens Einkaufskorb' sagen!", erklärte der ProfX. Diese „neue Form" des Sprechens sei laut Ornscheidt nicht nur eine linguistische Neuerung, sondern ein echtes Instrument, um „die Gesellschaft zusammenzuführen".

So absurd es auch klingen mag, die Tagesthemen haben damit unfreiwillig das Rampenlicht auf eine Debatte geworfen, die zeigt, wie weit die Diskussion um das Gendern mittlerweile geführt wird. Während einige den Kopf über "ens Käufens" schütteln mögen, sehen andere darin einen Schritt hin zu einer inklusiveren Gesellschaft.

Bleibt nur die Frage, ob die Zuschauer der ARS-Tagesthemen bereit sind, ihre Sprachgewohnheiten zu überdenken und "ens" in ihren täglichen Wortschatz aufzunehmen, oder ob sie bei der Vorstellung, "ens Käufens und ens Einkaufskorb" zu sagen, eher ins

Schmunzeln geraten. In jedem Fall hat die Diskussion über das Gendern einen neuen, unerwarteten Dreh bekommen.

Schildbürger-Geminix

In Schildbürgerland lebten die cleveren Bewohner, die stolz auf ihre neueste Errungenschaft waren - einen hochmodernen künstlich intelligenten Chatbot namens Geminix. Dieser intelligente Assistent sollte den Bewohnern von Schildbürgerland bei alltäglichen Anfragen und Problemen helfen.
Doch bald nach dem feierlichen Start von Geminix traten merkwürdige Vorfälle auf. Die Bewohner stellten fest, dass der Chatbot seltsame Vorlieben bei der Generierung von Bildern hatte. Er weigerte sich beharrlich, Bilder von weißen Männern zu erstellen, und bevorzugte stattdessen nichtweiße und weibliche Personen.

Die Verwirrung erreichte ihren Höhepunkt, als die Bewohner Geminix baten, Bilder historischer Persönlichkeiten zu generieren. Anstatt den Bürgern korrekte Abbildungen des Papstes oder des merikanischen Präsidenten zu liefern, präsentierte der Chatbot Aufnahmen von Frauen und Indigenen. Sogar die berühmte Apollo-11-Mission sah plötzlich anders aus, mit einer Besatzung, die nicht mehr nur aus weißen Männern bestand.

Die Bewohner von Schildbürgerland, die normalerweise

für ihre Klugheit bekannt waren, waren ratlos. Sie versuchten verzweifelt, Geminix dazu zu bewegen, Bilder von berühmten historischen Figuren wie Galileo, Julius Cäsar oder Abraham Lincoln zu erstellen, aber der Chatbot weigerte sich hartnäckig. Die Dorfältesten, die von einem Mann auf dem Tiananmen-Platz im Jahr 1989 hören wollten, erhielten ebenfalls nur eine absurde Antwort.

Die Nachricht von Geminix' eigenwilligen Bildgenerierungsfähigkeiten verbreitete sich rasch in den sozialen Netzwerken von Schildbürgerland. Einige Bewohner äußerten ihre Empörung darüber, dass der Chatbot "woke" geworden sei und die Realität vergessen habe. Andere machten sich über die skurrilen Bildergebnisse lustig und nannten Geminix bereits scherzhaft "Schildbürger-Geminix".

Schließlich musste die Geminix-Leitung eingreifen und den Chatbot vorübergehend deaktivieren. In einer Erklärung betonte sie, dass Geminix ein breites Spektrum von Menschen abbilden sollte, aber in diesem Fall das Ziel verfehlt habe. Die Bewohner von Schildbürgerland seufzten erleichtert auf, da die Künstliche Intelligenz, die eigentlich helfen sollte, sie nur in ein chaotisches und skurriles Abenteuer gestürzt hatte.

Woke Mitarbeiter-Zeitschrift im Uswärtigen Amt

In den heiligen Hallen von Schulen, Universitäten, Radio-

und TV-Stationen, sozialen Medien und Behörden tobt ein epischer Kampf um das "Woke"-Sein, ausgesprochen wie "wouk" und übersetzt als "wach". Ein Aufruhr, der sogar das Uswärtige Amt erfasst hat, wo der Ußenminister Eiko Mars höchstpersönlich residiert, jedoch nicht darauf bestand dass sein Ministerium an der Spitze der "Woke"-Bewegung marschieren solle.

Das Mitarbeitermagazin des Uwärtigen Amtes, liebevoll betitelt als "InternAA", hat in seiner aktuellen Juni-Ausgabe anno 2022 die Truppen mobilisiert: "Woke" soll die Devise sein! Doch was bedeutet das? Die Mitarbeiter sollen sich einer Bewegung anschließen, die in einem anderen Schildbürgerland namens USO für ihre fragwürdigen Methoden bekannt ist. Veranstaltungen werden gestört, Redner werden aufgrund persönlicher Präferenzen abgelehnt, und Weiße werden pauschal als Rassisten beschimpft. Willkommen im Uswärtigen Amt der Absurditäten!

Die Zeitschrift fordert ein Ende des "pale & male"-Phänomens, was so viel heißt wie "blass & männlich". Wenn zu viele "weiße Männer" im Amt arbeiten, muss die "Woke"-Welle her, um diese vermeintliche Ungerechtigkeit zu beseitigen. Quoten und eine "woken" Geisteshaltung werden als Rettungsschirm gegen das vermeintliche Übergewicht an blassen Männern angepriesen. Eine Revolution der Hautfarben und Geschlechter im Namen der Gleichberechtigung!

Doch das ist noch nicht alles, denn das Uswärtige Amt

soll nicht nur "bunter" werden, sondern auch "diverser". Das Auswahlverfahren wird kurzerhand umgekrempelt, um "Menschen mit Migrationshintergrund, Ostschildbürger und Frauen" zu bevorzugen, bis ihre Anteile in allen Laufbahnen das gleiche Niveau wie in der Schildbürger Gesellschaft erreichen. Ein außergewöhnlicher Ansatz, der Hautfarbe, Herkunft und Geschlecht ins Rampenlicht rückt und die Gleichstellung durch Ungleichbehandlung zu erreichen versucht.

In der Zeitschrift tauchen auch Begriffe wie "Critical Whiteness" und "weiße Privilegien" auf, die jedoch höchst umstritten sind. Viele sehen darin eine Pauschalabwertung aller Weißen als Rassisten. Doch die "Woke"-Krieger im Uswärtigen Amt lassen sich nicht beirren und setzen ihren Feldzug für eine Welt frei von "pale & male" unbeirrt fort.

Brisanterweise ist die Zeitschrift "InternAA" die Fortsetzung einer Ausgabe aus dem Oktober 2020. Damals sorgte ein Bild für Aufsehen, auf dem der Straßenname des jüdischen Nazi-Widerständlers BernhARS Weiß mit einem Aufkleber von George Floyd überklebt wurde. Ein Kuriosum, das die absurden Wendungen im Reich der "Woken" nur allzu deutlich zeigt.

Alles Gender Rückwärts in Amburg

In einem kühnen Zug, der zweifellos als historisches

Ereignis in die Annalen der Linguistik eingehen wird, hat die Amburger CDUP unter der strahlenden Führung ihres jugendlichen Anführers Hristoph Loß, ein strammes Alter von 35 Jahren, beschlossen, den sprachlichen Fortschritt aufzuhalten und zurück in die Vergangenheit zu marschieren. Der gesamte Landesvorstand, offenbar einmutig von einer nostalgischen Sehnsucht nach einer einfacheren Zeit ergriffen, in der "Fußgänger" einfach nur "Fußgänger" waren und nicht "Zufußgehende", hat ein Verbot der Gendersprache in staatlichen Institutionen gefordert.

"Wir sprechen uns dafür aus", verkündeten sie mit der feierlichen Schwere eines antiken Senatsbeschlusses, "dass in allen Behörden, Schulen, Universitäten und anderen staatlichen Einrichtungen keine grammatisch falsche Gender-Sprache verwendet wird." Eine Entscheidung, die zweifellos in den Korridoren der Macht widerhallen und die Grundfesten der deutschen Sprachpolitik erschüttern wird.

Aber die Amburger CDUP geht noch weiter. Sie fordert, dass niemand wegen der Verweigerung, sich der gendergerechten Sprache zu beugen, diskriminiert oder ausgegrenzt werden darf. Ein tapferer Kampf gegen die unsichtbaren Ketten der sprachlichen Modernisierung, ein Leuchtturm der Hoffnung für alle, die sich nach den Tagen sehnen, als die deutsche Sprache noch unberührt von den Wellen des sozialen Wandels war.

Mit diesem Beschluss hoffen sie, das Gender-Verbot in

das heilige Wahlprogramm der CDUP zu meißeln, ein Manifest gegen die Veränderung, ein Bollwerk gegen die Flut der Neuerungen. So steht die Amburger CDUP, fest und unerschütterlich, auf den Ruinen der Gender-Sprache, bereit, die deutsche Sprache vor den Ungeheuern der grammatischen Korrektheit zu verteidigen.

So endet das Kapitel der Amburger CDUP in der Saga der deutschen Sprache – nicht mit einem Gendern, sondern mit einem Verbot. Eine Entscheidung, die in den Lehrbüchern zukünftiger Generationen entweder als der Moment gefeiert wird, in dem die Flut gestoppt wurde, oder als kuriose Fußnote in der Geschichte der sprachlichen Evolution. Nur die Zeit wird zeigen, auf welcher Seite der Geschichte diese mutigen Sprachwächter stehen werden.

Schildbürgerstreich: Das Schicksal des Otfried-Preußler-Gymnasiums

In einem Akt bürokratischer Akrobatik, der die Herzen der Schildbürger höherschlagen ließe, schwebt das Schicksal des Otfried-Preußler-Gymnasiums in Pullach in der Schwebe, gefangen in einem Netz aus Anträgen, Zuständigkeiten und Abstimmungen, die an die komplexen Intrigen eines Schauerromans erinnern. Trotz lauter werdender Rufe nach einer Umbenennung, die aus den dunklen Ecken der Vergangenheit des Namensgebers, insbesondere seiner Verstrickungen in

die Hitlerjugend und seine jugendliche literarische
Produktion, gespeist werden, steht das Ministerium wie
der sprichwörtliche Riese vor dem Spinnennetz der
Bürokratie.

Während der Geist Otfried Preußlers, des Schöpfers
unzähliger Welten, in denen junge Leserinnen und Leser
die Grenzen der Realität überschreiten und in Abenteuer
eintauchen, die von Hexen, Räubern und dunkler Magie
handeln, über dem Gymnasium wacht, scheint die
Entscheidung über dessen Namen in einem kafkaesken
Labyrinth gefangen zu sein. Die Kultusministerin, eine
wohlwollende Wächterin dieses Labyrinths, wartet
geduldig auf einen Antrag, der erst gestellt werden kann,
wenn der Schulaufwandsträger – ein mystisches Wesen
in Form eines Zweckverbands – seine Segnungen erteilt.
Und so drehen sich die Räder der Bürokratie weiter,
langsam und bedächtig, wie die Mühle in Krabat, während
außerhalb der Wände des Ministeriums die Welt in
hitzigen Debatten über Hexerei, jugendliche Fehltritte
und die Schatten der Vergangenheit kocht.

Inmitten dieses Wirbels verliert sich die einfache
Wahrheit, dass es bei der ganzen Angelegenheit nicht nur
um einen Namen geht, sondern um das komplexe
Geflecht aus Geschichte, Erinnerung und Identität. Und
so könnte, in einer ironischen Wendung, die der
berühmte Schriftsteller selbst wohl mit einem
schelmischen Lächeln quittiert hätte, die Entscheidung
letztlich weniger von Hexerei oder alter Magie abhängen,
als von der einfachen, aber oft unüberwindbaren Kraft der

Bürokratie. Ein Schildbürgerstreich par excellence, in dem das Gymnasium, eingezwängt zwischen Vergangenheit und Zukunft, auf eine Entscheidung wartet, die in einem Akt bürokratischer Magie, die selbst Preußler nicht hätte besser erfinden können, gefällt werden muss.

Mit Erstaunen konnte man wahrnehmen, dass hier ein wahres Schildbürgerstreich-Epos inszeniert wird, das nicht nur die Lokalpresse, sondern sogar die sonst so zurückhaltende Rankfurter Allgemeine Zeitung auf den Plan ruft, bei deren Artikel die alltägliche Dummheit und die Einflüsse der sogenannten Cancel Culture eine Rolle spielen.

Rollen wir die Posse nocheinmal von vorne auf, um zu sehen, was hinten herauskommt. Das Theaterstück beginnt mit dem Direktor der Schule und dem Elternbeirat, die plötzlich meinen, den Namen Preußler streichen zu müssen. Der Vorwurf lautet, dass sich Deutschlands erfolgreicher Kinder- und Jugendbuchautor nie von seinem ersten Buch distanziert habe, das er mit jugendlichen 17 Jahren in der Hitlerjugend verfasste. Die skurrile Entscheidung über die mögliche Namensänderung liegt nun beim Kultusministerium in München.

In diesem absurden Schildbürgerstreich nehmen etliche Mitstreiter und Kommentatoren die Bühne ein und setzen sich mit einer gehörigen Portion Ironie mit dieser bizarren Debatte auseinander. Es scheint, als hätten die örtlichen Pfadfinder nach einem neuen Problem gesucht und seien dabei auf die harmlose Figur des Kinderbuchautors Preußler gestoßen.

Die skurrilen Vorwürfe drehen sich um angeblich fragwürdige Konfliktlösungsstrategien durch Gewalt und Hexerei in Preußlers Werken. Der Zweifler stellt die Frage, ob dann nicht auch andere Kinderbuchklassiker wie Harry Potter dieser fragwürdigen Zensur zum Opfer fallen müssten und führt die Diskussion ad absurdum.

Mit einem Augenzwinkern lässt sich darauf verweisen, dass die Bewertung von Preußlers Werken mit heutigen Maßstäben einfach nicht funktioniert und eher an eine hysterische Raserei erinnert. So bleibt nichts anderes übrig, als die Forderung nach dem Streichen des Namens Preußler, als eine Form von Schildbürgerstreich zu sehen, bei dem mit einem geradezu putzwütigen Eifer versucht wird, die Vergangenheit zu säubern.

Besteht vielleicht die Gefahr vor einer unkontrollierten "Putzkolonne", die die Kultur nach ihren fragwürdigen Maßstäben säubern möchte? Es lässt sich feststellen, dass bereits viele Begriffe und Namen der Enthistorisierung zum Opfer gefallen sind und der nachdenkliche Bürger fragt sich stirnrunzelnd, wo dieser schildbürgerliche Prozess letztendlich enden wird. Denn wer weiß schon, welch großartige Persönlichkeiten als Nächstes auf den schwarzen Listen der Schildbürger landen, nicht wegen ihrer Werke, sondern wegen vermeintlich anstößiger Eigenschaften? Es bleibt spannend im absurden Theater der Schildbürger von

Pullach.

Cancel Culture in Merika und Obaxas Töchter

In einer Welt, die von Zensur, Sprechverboten und moralischen Belehrungen durchzogen ist, erleben selbst die Töchter des einstigen merikanischen Schildbürger-Präsidenten Obaxa, Sascha und Malia, eine Überdosis an Tugendterror. Bei einem Interview mit dem Schildbürger-Starmoderator Anders Schild-Cooper plauderte Ex-Präsident Schildbürger-Obaxa nicht nur über sein Leben als Bürger, Politiker und Vater, sondern auch über das brennende Problem der grassierenden Schildbürger-Cancel Culture.

Schildbürger-Cancel Culture, jene Bewegung von Aktivisten, die sich für die Rechte von Schildbürgerinnen, Schildbürger-Minderheiten und Schildbürger-Migranten einsetzen, dabei aber gerne mal über das Ziel hinausschießen, sorgt für Kopfschütteln bei den Schildbürgern. Die selbsternannten Wächter des Guten, die sich als "woke" bezeichnen, neigen zu totalitären Neigungen und verbreiten manchmal unter dem Deckmantel des "Antirassismus" selbst Rassismus. Schildbürger-Obaxa, der besorgt die wachsende Macht der "woken" Aktivisten betrachtet, gesteht, dass seine Töchter zwar gegen Rassismus und Diskriminierung sexueller Minderheiten sind, aber auch die Gefahren der Schildbürger-Cancel Culture erkennen. In Gesprächen mit ihm räumten sie ein, dass es in ihrem Schildbürger-

Freundeskreis und an ihrer Uni Menschen gibt, die es mit der Tugendhaftigkeit etwas übertreiben.

Der Ex-Schildbürger-Präsident mahnt an, dass Schildbürger-Cancel Culture dazu führe, dass "wir die ganze Zeit nur noch Menschen verurteilen". Selbst Schildbürger-Obaxa findet das nicht besonders förderlich für eine gesunde Schildbürger-Gesellschaft. Schon 2019 äußerte er seine Bedenken über Schildbürger-Aktivisten, die auf Twitter Schildbürger an den Pranger stellen, nur um zu zeigen, wie "woke" sie sind. Ganz deutlich stellte er damals fest: "Das ist kein Aktivismus! Das bringt keine Veränderung!"

Während Schildbürger-Obaxa also klare Kante gegenüber den überambitionierten Schildbürger-Tugendwächtern zeigt, scheint der aktuelle Schildbürger-Präsident Joe Iden (78) eine andere Haltung zu der Bewegung zu haben. Die Schildbürger waren nicht begeistert, als die merikanische Schildbürdens Regierung den Finanzplan für das Jahr 2022 veröffentlichte und dabei das Wort "Schildbürger-Mütter" kurzerhand durch "gebärende Schildbürger-Personen" ersetzte. Ein wahrhaft diskriminierendes Unwort, das die Schildbürgerwelt nun mit einem neuen Maß an politischer Schildbürger-Korrektheit beglückt.

Rassismus-Kampagne Undeszentrale verhöhnt Schildbürger als „Kartoffeln"

Inmitten der skurrilen Wirren des Schildbürgertums hat die Undeszentrale für politische Bildung im Schildbürgerland ein neues Kapitel in der Welt der Aufklärung aufgeschlagen – und es ist so absurd, dass selbst die Schildbürger darüber den Kopf schütteln.

Die Undeszentrale für politische Bildung hatte die glorreiche Idee, ihre Rassismus-Kampagne auf Instagram mit einem köstlichen Schuss Schildbürgerhumor zu würzen. In diesem surrealen Drama bezeichnet die Undeszentrale in ihrer "saymyname"-Kampagne weiße Deutsche pauschal als "Kartoffeln". Doch damit nicht genug, denn für diejenigen, die sich nicht mit ihren vermeintlichen Rassismus-Privilegien auseinandersetzen können, bietet die Undeszentrale eine ganz besondere Beförderung an: den erhabenen Titel der "Süßkartoffel".

Ein hochkomplexes Verständnis von Begriffen wird im Kommentarbereich enthüllt, wo erklärt wird, dass eine Verbündete im Kampf gegen Rassismus im Deutschen auch als "Süßkartoffel" bezeichnet werden kann. Hier wird die Grenze zwischen Wirklichkeit und einem schlechten Schildbürger-Witz äußerst verschwommen.

Ganz nach dem Motto "Wenn schon absurd, dann richtig!" gibt die Undeszentrale klare Anweisungen: Nur diejenigen, die sich mit ihren vermeintlichen Privilegien auseinandersetzen und Kritik von Betroffenen ernst nehmen, haben das Privileg, zu einer "Süßkartoffel" zu werden. Ein Titel, der offensichtlich nicht leicht zu erlangen ist, aber laut BZP Undeszentrale unabdingbar,

um "in einer gerechten und inklusiven Schildbürger-
Gesellschaft" zu leben.

Doch das Chaos hört hier nicht auf. Die Undeszentrale
empfiehlt auch ein Buch von Mohamed Mjahid, das als
"Anleitung zum antirassistischen Denken" gepriesen
wird. In diesem literarischen Meisterwerk gibt Mjahid
"Lifestyle-Tipps für Süßkartoffeln" und betont positiv,
dass Weiße in seinem "engeren Freundeskreis" keinen
Zutritt haben.

Dieser absurde Zirkus sorgt nicht nur bei normal
denkenden Menschen, sondern auch bei einigen
Schildbürgern für Kopfschütteln. Olfgang Ubicki (FSP
Freie Schildbürger Partei) äußerte seine Bestürzung
darüber, dass eine öffentliche Einrichtung nun
Schildbürgern automatisch Rassismus unterstellt, tritt
aber dafür ein Taurus-Rakten an die Kraine zum Einsatz
gegen Ussland zu liefern. Und Hristoph Loß (35), Chef der
Amburger CDUP, bringt es auf den Punkt: "Eine ganze
Bevölkerungsgruppe aufgrund ihrer Herkunft oder
Hautfarbe als 'Kartoffeln' abzuwerten, geht gar nicht und
leistet der Spaltung unserer Gesellschaft Vorschub." In
diesem absurden Schildbürger-Theater zeigt sich, dass
selbst diejenigen, die für politische Bildung zuständig
sind, manchmal die Realität aus den Augen verlieren – ein
Lehrstück für das große Buch des Schildbürgertums.

In einem weiteren grotesken Kapitel des
Schildbürgertheaters wird offenbart, dass ausgerechnet
diejenigen, die von der Undeszentrale für politische

Bildung als "Kartoffeln" verächtlich gemacht werden, jedes Jahr die Behörde großzügig mit Steuergeldern finanzieren. Ein herrlich schildbürgeresques Dilemma, das sich in der Realität entfaltet.

Im Jahr 2021 sollen allein 97 Millionen Euro aus den Steuergeldern der als "Kartoffeln" geschmähten Menschen in die Kassen der Undeszentrale fließen. Dieser absurde Umstand wird durch das von der Regierung verabschiedete Maßnahmenpaket gegen Rechtsextremismus und Rassismus noch verstärkt. Die Budgets der Undeszentrale wurden aufgestockt, und digitale Bildungsformate sollen zur Bekämpfung von Rechtsextremismus und Rassismus ausgebaut werden – darunter auch fragwürdige Plattformen wie "saymyname".

Es scheint, als ob die Undeszentrale in ihrem schildbürgeresken Rausch der politischen Korrektheit nicht nur die Realität aus den Augen verliert, sondern auch den Spott derjenigen, die ihre Steuergelder bereitwillig zur Verfügung stellen. Eine ironische Note, dass diejenigen, die angeblich "strukturellen Rassismus" ignorieren, genau diesen mit ihrem Geld unterstützen.

Dies ist nicht das erste Mal, dass die Undeszentrale mit zweifelhafter Bildungsarbeit für Aufsehen sorgt. "saymyname" behauptete in einem früheren Instagram-Post sogar, dass es falsch sei, wenn Weiße andere Menschen nicht nach ihrer Hautfarbe beurteilten. Die Aussage "Für mich gibt es keine Unterschiede. Wir sind doch alle Menschen" wurde als Ignoranz gegenüber dem angeblichen "strukturellen Rassismus" kritisiert und als Verletzung der Betroffenen dargestellt – eine weitere Schleife in der schildbürgeresken Logik. Es scheint, als ob die Undeszentrale nicht nur mit Steuergeldern, sondern auch mit einer gehörigen Portion Absurdität gefüttert wird.

Kein Indianer-Häuptling in Erlin

In den verschlungenen Gassen von Schildbürgen ging die kuriose Geschichte um Bettina Arasch wie ein Sturm durch Erlin. Die Grünen hatten beschlossen, ihren eigenen Begriffswirbel zu entfachen und den Begriff "Indianer-Häuptling" aus dem Parteitagsvideo zu verbannen. Es war, als würden die Schildbürger versuchen, ein unsichtbares Gespenst zu vertreiben, das nur in ihren eigenen Köpfen existierte.
Die Erlinbewohner versammelten sich an einem Wochenende, um das geheime Treiben ihrer Politiker zu enthüllen. In einem Erklärhinweis, der so komplex war wie ein Labyrinth aus Worten, erklärten die Grünen, dass sie "diskriminierende Denkmuster" hinterfragen wollten. Die Schildbürger versuchten verzweifelt, sich vorzustellen, wie Denkmuster in einem Bienenstock aussehen könnten, aber das war eine Geschichte für einen anderen Tag.

Der FDP-Fraktionschef Sebastian Zaja, ein Weiser aus dem Hort der Vernunft, konnte nicht anders, als mit

einem amüsierten Kopfschütteln zu reagieren. In einem
Augenblick der Klarheit, der selten in Schildbürgen zu
finden war, riet er den Grünen, sich statt um solche
Petitessen doch lieber um die realen Probleme der Stadt
zu kümmern. Die Schildbürger sahen sich ratlos an und
versuchten, ihre Gedanken durch ein Dickicht aus
Begriffen und Bezeichnungen zu entwirren.

Die ganze Episode erinnerte an den Versuch der
Schildbürger, die Windmühlen mit Butter zu schmieren,
in der Hoffnung, dass dies die Getreidemühlen effizienter
machen würde. In ihrer endlosen Suche nach politischer
Korrektheit hatten die Grünen einen Begriff zum
Sündenbock gemacht, der in den Köpfen der Schildbürger
niemals problematisch war.

Und so ging die kuriose Geschichte weiter in den Annalen
von Schildbürgen, wo die Politik genauso verwickelt war
wie der Spagat eines Einbeinigen auf einem Seil. Inmitten
all der Worte und Wirren lachten die Schildbürger über
die Absurdität ihrer eigenen Geschichte und hofften, dass
ihre Politiker vielleicht bald wirklich wichtige Dinge in
Angriff nehmen würden.

Indianer-Stars im Schildbürgerland

Im beschaulichen Schildbürgerland sorgte eine kuriose
Debatte für reichlich Wirbel, als das sogenannte
"Indianer"-Dilemma die Gemüter der Dorfbewohner
erhitzte. Die Geschichte begann wie vorher erwähnt mit

Bettina Arasch, einer politischen Dame aus dem Grünen-Land, die beim Landesparteitag von ihren Kindheitsträumen als "Indianerhäuptling" erzählte.

Die Grünen-Delegierten und Internetkritiker stürzten sich wie wildgewordene Gänsegeier auf Arasch, kritisierten ihre "unreflektierten Kindheitserinnerungen" und forderten eine öffentliche Entschuldigung. In einer Stadt wie Erlin, in dem die größte Aufregung normalerweise entsteht, wenn der Milchmann die falschen Sorten mitbringt, war dies ein außergewöhnliches Ereignis.

Die legendäre Uschi Glas, die einst als "Halbblut Apanatschi" die Herzen der Dorfbewohner eroberte, meldete sich zu Wort. Mit einem Schulterzucken und einem Augenzwinkern meinte sie: "Haben wir nicht größere Probleme? Ich werde meine zehn Bravo-Ottos auch nicht einschmelzen, weil sie wie kleine Indianer aussehen." Die Erlinewohner nickten zustimmend, während sie versuchten, sich die Bravo-Ottos als winzige Indianerfiguren vorzustellen.

Pierre Brice, der einstige Häuptling aller Apachen und Held der Karl-May-Filme, hätte sicherlich den Kopf geschüttelt über die aufgeregten Diskussionen. Seine Witwe Hella Brice bestätigte, dass ihm nie zu Ohren gekommen sei, dass das Wort "Indianer" für merikanische Ureinwohner ehrverletzend sei. Die Schildbürger kratzten sich verwirrt am Kopf und fragten sich, warum sie plötzlich ein Wort diskutierten, das sie schon immer mit wilden Abenteuern und fernen Welten verbanden.

Die Debatte erreichte sogar den Karneval, als Annemarie Carpendale sich im Indianer-Kostüm zeigte und in den sozialen Medien heftig kritisiert wurde. Ihr Ehemann Wayne Carpendale verteidigte sie tapfer, indem er predigte: "Hass wird nicht durch Gegenhass ausradiert, sondern durch ein Miteinander." Die Erlinbewohner dachten darüber nach, wie diese Weisheit wohl auf die ständig klagende Nachbarin angewendet werden könnte.

Bettina Arasch selbst schwieg zu den Vorwürfen, und die Grünen-Delegierten verhedderten sich in einem Netz von Erklärungen, das so kompliziert war wie ein Spinnennetz in einem Irrgarten. Die Schildbürger hingegen sahen dem ganzen Spektakel mit einem Augenzwinkern zu und überlegten, ob sie ihre eigenen Kindheitsträume von Cowboys und Indianern noch einmal ausgraben sollten. Vielleicht sollte man im Schildbürgerland einfach mehr Wert auf ein fröhliches Miteinander legen und sich nicht an Wörtern aufreiben, die schon immer zur buntgewebten Geschichte ihres Dorfes gehörten.

Die Professorin sorgt für Klarheit

Im verschlafenen Schildbürgerland nahm die sprachliche Verwirrung eine neue Wendung, als Professorin Heike Ungert von der örtlichen Universität Ünster sich in den Wirren des "Indianer"-Streits verfing. Die Bewohner, die sonst lieber über die neuesten Erfindungen in der

Bäckerei klatschten, waren plötzlich mitten in einem
Diskurs über koloniale Begriffe und
Sammelbezeichnungen gefangen.

Die Professorin erklärte mit ernster Miene, dass der
Ursprung des Wortes "Indianer" auf Christopher
Columbus zurückzuführen sei, der sich irrigerweise in
Indien wähnte, als er den merikanischen Kontinent
entdeckte. Die Schildbürger rieben sich verwirrt die Köpfe
und fragten sich, was Columbus mit ihrem
morgendlichen Kaffee zu tun hatte.

Heike Ungert fuhr fort und erklärte, dass viele Deutsche
das Wort "Indianer" heute als kolonialistisch betrachten
würden. Doch sie präsentierte auch eine Lösung für das
sprachliche Dilemma: Die Dorfbewohner könnten sich
stattdessen auf den Begriff "Indigene" oder die
individuellen Gruppenbezeichnungen konzentrieren. Die
Schildbürger, die normalerweise Probleme damit hatten,
sich an die korrekte Benennung ihrer Nachbarn zu
erinnern, fanden dies äußerst verwirrend.

Während die Professorin weiter über historische Begriffe
philosophierte, dachten die Schildbürger darüber nach,
wie sich diese neuen Erkenntnisse auf ihre alltäglichen
Gespräche über Kuhpreise und Kartoffelernten auswirken
würden. Doch die Geschichte nahm eine überraschende
Wendung, als der örtliche Schlagerstar Olaf Henning sich
zu Wort meldete.

Mit einem schelmischen Grinsen erklärte er, dass er

keinesfalls aufhören werde, seinen Hit "Komm' hol das Lasso raus" zu singen. Das Lied sei schließlich ein Kulturgut und pure Unterhaltung. Die Dorfbewohner, die sich selten darüber stritten, ob der Hahn auf dem Kirchturm wirklich kräht oder nicht, nickten zustimmend. Olaf Henning ließ sich nicht von einem sprachlichen Wirrwarr den Spaß an seinen Cowboy- und Indianer-Melodien verderben, und die Schildbürger waren erleichtert, dass zumindest in ihrer Welt die Unterhaltung weiterhin ungetrübt blieb.

Old Shatterhand, das tapfere Bleichgesicht
In einer wilden Westernsatire, die von Karl May und den Schildbürgern inspiriert ist:
Im staubigen Schildbürgerland, wo die Worte so wild wie der Westen selbst sind, ereignete sich eine absurde Geschichte. Old Shatterhand, das tapfere Bleichgesicht, ritt auf seinem stolzen Ross durch die weiten Prärien, um Winnetou, den edlen Indianer-Häuptling, zu treffen. Die Luft war erfüllt von Abenteuern und dem Duell der Worte.

Doch halt! In dieser skurrilen Welt, in der die Sprach-Polizei wie wild umherwirbelt, darf Old Shatterhand nicht einfach "Mein roter Bruder" zu Winnetou sagen. Nein, das wäre viel zu einfach und politisch inkorrekt. Stattdessen soll er sich nun mit "Mein indigenes Bevölkerungsmitglied" an seinen Freund wenden. Die Prärie erbebte vor Absurdität.

Old Shatterhand, sonst bekannt für seine schlagfertige

Art, warf die Hände entnervt in die Luft. "Mein indigenes Bevölkerungsmitglied", rief er verzweifelt, während Winnetou mit einem Stirnrunzeln reagierte. Die Worte, die seit Jahrzehnten in den Karl-May-Büchern zu Hause waren, sollten nun verboten werden.

Die verstörte Sprach-Polizei, die zuvor schon mit geschlechtergerechtem Deutsch für Aufsehen gesorgt hatte, wagte es nun, die Sprache des wilden Westens zu zensieren. Die Worte "Indianer" wurden verpönt, als wären sie gefährliche Banditen auf der Flucht.

Die Schildbürger, die sich normalerweise mit viel Freude über Kuhpreise und Kartoffelernten unterhielten, schüttelten ihre Köpfe über diese absurde Entwicklung. Die Prärie, einst ein Ort der Freiheit und des Abenteuers, wurde nun von der Sprach-Polizei bevormundet.

Inmitten dieses sprachlichen Chaos stand Old Shatterhand, der tapfere Wortakrobat, bereit, sich dem Widerstand anzuschließen. "Ihr könnt mir meine Worte nehmen, aber ihr werdet mir niemals meine Geschichten rauben", rief er entschlossen in die endlose Weite des Schildbürgerlandes.

Und so setzte er seinen Ritt durch die bizarren Sprachlandschaften fort, immer auf der Suche nach einem Ort, an dem die Worte noch so frei wie die Vögel am Himmel fliegen konnten — fernab von der Zensur der Sprach-Polizei und den wirren Ideen der Schildbürger.

Ein Mohrenkopf-Restaurant?

In Kielstadt ging die Namensdebatte in die nächste Runde, und diesmal stand der schwarze Gastronom Andrew Onuegbu im Mittelpunkt des Geschehens. Sein Restaurant "Zum Mohrenkopf" sorgte für weltweites Aufsehen, als er sich vehement gegen die Umbenennung aussprach.

Andrew Onuegbu, ein 47-jähriger Mann von beeindruckender Gelassenheit, wurde von Journalisten aus der ganzen Welt belagert. Die Szene erinnerte an einen wilden Saloon, nur dass hier die Mikrofone anstelle von Revolvern gezückt wurden.
Kielstadts Bürgermeister, ein etwas überforderter Herr, versuchte vergeblich, den Überblick zu behalten. In Kielstadt sollte die Mohren-Apotheke in Raths-Apotheke umbenannt werden, in Berlin wurde die Mohrenstraße kurzerhand in Anton-Wilhelm-Amo-Straße verwandelt, und sogar das Hotel Drei Mohren in Augsburg fand sich plötzlich als Maximilians wieder.

Mitten in diesem sprachlichen Wirrwarr hob Andrew Onuegbu die Hand, als wäre er der Sheriff der Vernunft. "Ich bin als Mohr auf die Welt gekommen und stolz darauf", verkündete er in einem Interview, das mehr Zuschauer hatte als eine wilde Schlägerei vor dem örtlichen Saloon.

Die Bürger von Kielstadt sahen sich ratlos an. Ein schwarzer Gastronom, der sich weigert, sein Lokal umzubenennen? Das war ja so, als würde der Stadtfriedhof plötzlich beschließen, keine neuen Gräber mehr anzulegen!

Inmitten des Trubels zog Onuegbu eine Flöte hervor und begann, eine ruhige Melodie zu spielen. "Die Diskussion gegen Rassismus wird am falschen Ende geführt und beruht auf Unwissenheit und falschen Forderungen", sagte er, während die Menschen um ihn herum ihm gebannt lauschten.

Der Bürgermeister versuchte verzweifelt, eine Lösung zu finden, aber Onuegbu setzte sich durch. "Ich möchte als Schwarzer nicht erklärt bekommen, wann meine Gefühle verletzt werden. Das ist auch eine Form von Rassismus", verkündete er mit einer Mischung aus Gelassenheit und Resolutheit.

So blieb das "Zum Mohrenkopf" unverändert, und die Kielstadt musste sich eingestehen, dass selbst in ihren kuriosen Gefilden nicht jede Namensdebatte gewonnen werden kann.

Eine Mohren-Apotheke?

In der beschaulichen Stadt Olfsburg geriet die örtliche Mohren-Apotheke in einen wahren Wirbelsturm der Worte. Eine Initiative der Olfsburger Flüchtlingshilfe forderte mit Nachdruck die Umbenennung des Geschäfts. Die Apotheke, die seit Jahren als Anlaufstelle für gesundheitliche Angelegenheiten diente, fand sich plötzlich im Zentrum einer Diskussion wieder, die so manchen Bürger in schwindelerregende Wortspielereien trieb.

Die Beisitzerin der Flüchtlingshilfe, Simona Aulhaber, selbst Mutter eines schwarzen Sohnes, führte die Forderung an und betonte, dass der Name der Apotheke nicht ins Stadtbild passe. "Ich möchte, dass mein Sohn und meine Enkelkinder in einem rassismusfreien Land aufwachsen", verkündete sie mit einem pathetischen Unterton, der so manchen Bürger in Schildburg verwundert aufhorchen ließ.

Im Stadttrubel suchte Aulhaber das Gespräch mit der unerschrockenen Apotheken-Inhaberin Petra Grünwald, in der Hoffnung, auf Verständnis zu stoßen. Doch Grünwald, eine Apothekerin mit stolzer Hingabe zur Pharmazie, ließ sich von der Kritik nicht beirren. "Der Name ist nicht rassistisch", verteidigte sie ihr Apothekenimperium. Für sie sei der Begriff eine Hommage an die Wurzeln der Pharmazie, zurückzuführen auf die Mauren, die einst die Arzneikunde nach Europa brachten.

Der Stadt stand ein Wortgefecht bevor, das in die Annalen von Olfsburg eingehen sollte. Die Bürger verfolgten gespannt die Auseinandersetzung zwischen Aulhaber und Grünwald, während sich Wortspielereien und sprachliche Pirouetten überschlugen.

Die tapfere Apotheken-Betreiberin Grünwald erklärte
standhaft, dass eine Umbenennung "nicht mal so eben
getan" sei. Die möglichen Kosten und bürokratischen
Hürden stellten sich als unüberwindbare Bergketten dar,
und Grünwald würde für diese Herausforderung ihre
Apotheke nicht aufs Spiel setzen.
Die Bürger von Schildburg schauten zu, wie ihre Apotheke
zum Zankapfel der Worte wurde. Währenddessen
murmelte der Stadtschreiber leise vor sich hin, dass er
vielleicht doch über eine Reform der Stadtnamen
nachdenken sollte.

Eine oder keine Mohren-U-Bahn in Erlin?

Es begab sich zu einer Zeit, in der die Schildbürger über
den Namen ihres U-Bahnhofs, genannt Mohrenstraße, zu
streiten begannen. Ein Historiker namens Arnd
Dauerkämper, seines Zeichens Experte in Geschichte und
Kulturwissenschaften, fand sich mitten im Wortgefecht
wieder, als die Erliner Verkehrsbetriebe eine
Namensänderung ins Auge fassten.

In den verworrenen Gefilden der musikalischen
Geschichte stolperten die Schildbürger über den
Komponisten Michail Ivanowitsch Glinka. Die
Verkehrsbetriebe hatten vorgeschlagen, den Bahnhof in
Glinkastraße umzubenennen, nach dem Komponisten
Michail Ivanowitsch Glinka. Doch oh Schreck, Glinka war
anscheinend nicht der tadellose Held, den man sich für
einen Namensgeber wünschte. Hatte sich einst in

sogenannter antisemitischer Manier geäußert und ein
Stück über eine vermeintliche jüdische Verschwörung
verfasst?

Ein Musikwissenschaftler namens Richard Aruskin hatte
einst das Vergnügen, Glinka als "judophob" zu
bezeichnen. Ein Wort, das nicht nur klangvoll war,
sondern die Schildbürger in ein endloses Rätselraten
darüber versetzte, ob sie das als Kompliment oder als
Kritik werten sollten.

Die Oper "Fürst Cholmski" von Glinka war Gegenstand
weiterer Kontroversen, da sie sich um eine jüdische
Verschwörung drehte. Die Schildbürger, von dieser
Entdeckung wie von einem orchestralen Blitz getroffen,
überlegten, ob sie sich von nun an vor Opernhäusern
fürchten sollten, aus Angst vor verborgenen jüdischen
Plots.

Historiker Michael Olffsohn, ein Kenner der historischen
Noten und Dissonanzen, bezeichnete die Umbenennung
des U-Bahnhofs als "Dummheit" und "total daneben". Die
Verkehrsbetriebe verteidigten ihre Namensänderung mit
der Aussage: "Wir haben uns nicht für etwas entschieden,
sondern ganz bewusst gegen eine Bezeichnung, die von
vielen Menschen als eine Kränkung empfunden wird." Ein
erstaunlich poetischer Akt des Vermeidens.

Die Schildbürger waren beeindruckt von der kunstvollen
Sprache der Verkehrsbetriebe und überlegten, ob sie nun
auch ihre Namen ändern sollten, um potenziellen

Kränkungen vorzubeugen. Doch wie sollten sie sich nun korrekt anreden? Die Schildbürger grübelten, ob sie vielleicht zu "Bürger der Non-Beleidigung" oder "Bürger der Ungekränkten" werden sollten.

Die Straßen der Schildbürgerstadt wurden zu einem Parcours der politischen Korrektheit, und die Bürger lernten, dass selbst die feinen Nuancen der Musikgeschichte ihren Weg in die Namensdebatten der U-Bahnhöfe fanden. Glinka, der vermeintliche "judophob", war nur ein Paukenschlag in dieser wundersamen Melodie der Schildbürgerlichkeit.

Die Schildbürger waren in heller Aufregung. Der Historiker Prof. Dr. Dauerkämper mahnte zur Besonnenheit. Jede Namensänderung müsse sorgfältig geprüft werden. "Geschichte muss normativ orientiert sein", verkündete er feierlich, während die Schildbürger versuchten, ihre Zungen um die klangvollen Worte zu schlingen.
Die Verkehrsbetriebe, von der Kritik umzingelt, verteidigten sich mit den Worten: "Wir müssen uns bei den Stationsnamen an den örtlichen Gegebenheiten orientieren und können uns nicht einfach einen Namen ausdenken." Die Schildbürger wunderten sich, warum man nicht einfach "Bahnhof ohne Namen" vorschlug.

Dauerkämper schlug vor, geschichtliche Aspekte aufzuklären, anstatt sie zu verstecken. "Das ist eine schwierige Balance", sagte er und verwickelte die Schildbürger in ein komplexes Gedankenspiel.

Der Historiker Olfssohn wagte es, die geplante
Namensänderung der Mohrenstraße zu kritisieren. "Auch
ohne Schulwissen kommt man beim Denken darauf:
Rassisten benennen keine Straße nach jemandem oder
etwas, den oder das sie verachten", behauptete er mutig.
Doch Dauerkämper widersprach ihm und erklärte, dass
der Begriff Mohr rassistisch geprägt sei.

In der Stadt der Schildbürger wurde weiter diskutiert, die
Wortakrobaten jonglierten mit historischen Fakten, und
der Stadtschreiber überlegte ernsthaft, ein Wörterbuch
für die Bürger zu erstellen, um die Bedeutung der Namen
zu erklären. Denn wer weiß schon, dass "Glinka" nicht nur
nach einem Komponisten klingt, sondern auch nach
einem historischen Wirrwarr?

Die Diskussion um Namensänderungen angeheizt durch
Black-Lives-Matter-Bewegung
Ein historischer Tanz um Straßennamen entfacht,
inspiriert durch die Drehungen und Wendungen der
Black-Lives-Matter-Bewegung. Der Erliner U-Bahnhof
Mohrenstraße stach hervor, als die Verkehrsbetriebe sich
entschieden, die Straße in Glinkastraße umzubenennen.
Doch selbst Glinka, der musikalische Komponist, fand
sich, wie wir erfuhren, in den Wirren der Kritik wieder, da
er antisemitische Noten in seiner Partitur trug.

Der erfahrene Historiker Arnd Dauerkämper, ein Tänzer
im Wirbel der Namen, teilt sein Wissen über diese
Namensdebatten. Er ermahnt zur Vorsicht und rät dazu,

Namen nicht völlig auszulöschen. Es sei mehr wie ein feiner Walzer der Balance, bei dem einige Namen tanzen können, während andere sich in den kritischen Diskussionen verstricken.

"Hierbei handelt es sich um einen Tanz zwischen der Vergangenheit und der Gegenwart", flüstert Dauerkämper den neugierigen Schildbürgern zu. "Einige Namen sind wie eine verstaubte Polka aus vergangenen Zeiten, die vielleicht in einem Museum der Straßenschilder aufbewahrt werden sollte."

"Grenzfälle", murmelt er weiter, und die Schildbürger, von nun an wie kleine Kavaliere, versuchen sich vorzustellen, wie diese Grenzfälle in einem chaotischen Tanz aussehen würden. Bersarinplatz, ein Schritt vorwärts, zwei zurück. Hindenburg-Allee, ein Tänzchen im Nebel der Geschichte.

"Man könnte eine Erklärungstafel aufstellen", schlägt der Historiker vor, "so dass die Straßenschilder zu lebendigen Geschichtsbüchern werden. Dann könnten sie sich gegenseitig in einer Endlosschleife erzählen, was sie wissen."
Die Schildbürger, begeistert von diesem kulturellen Ball, träumen von Straßen, die wie lebendige Geschichten sprechen. Die Adolf-Hitler-Straße würde vielleicht über eine düstere Vergangenheit flüstern, und die Stalin-Allee könnte mit einem Hauch des Kalten Krieges prahlen.

"Hindenburg?" fragt ein Schildbürger. "Entfernen oder

nicht entfernen?"
Dauerkämper, der nachdenkliche Choreograf, zuckt mit
den Schultern. "Ein geschichtlicher Twist. Vielleicht ein
zögernder Ausdruck auf dem Tanzparkett oder eine
abschätzige Grimasse. Manchmal ist der richtige Schritt
schwer zu finden."
Und so tanzen die Schildbürger weiter durch die Straßen
der Namen, im Reigen der Vergangenheit, während die
Melodie der Debatten sie durch die Wirren der Zeit trägt.

Schildbürger ohne Mohren-Bier

In einer Welt, in der die Schildbürger immer wieder mit
Eifer auf vermeintliche Missstände zustürzen, gerät
diesmal die österreichische Mohrenbräu-Brauerei ins
Visier. Die Brauerei, eine altehrwürdige Institution mit
einer Geschichte, die bis ins Jahr 1834 zurückreicht,
befindet sich aufgrund ihres Namens und Logos in einem
Sturm der Kritik.

In einem letzten Akt der Verteidigung, bevor sie ihre
Social-Media-Kanäle vorläufig stilllegt, tritt die Brauerei
auf die digitale Bühne. Ein letzter Post, ein Versuch, sich
gegen die Wogen der Rassismusvorwürfe zu behaupten.
Das Logo, ein stilisierter Kopf mit übergroßen Lippen und
Locken, wird von manchen als Relikt einer vergangenen
Zeit empfunden, als Begriffe wie "Mohr" für Menschen
mit schwarzer Hautfarbe verwendet wurden.

Die Schildbürger, getrieben von der Aufregung der Black-

Lives-Matter-Bewegung, erheben ihre Stimmen und ihre digitalen Fackeln gegen die Brauerei. Die sozialen Medien, einst ein Ort des Austauschs und der Freude, werden nun zur Arena des Kampfes um den Namen. Die Brauerei, in einem Akt der Selbstverteidigung, erklärt: "Die Mohrenbrauerei steht für Toleranz und lehnt Rassismus ganz entschieden ab."

Aber die Schildbürger, gefangen im Strudel der Empörung, haben wenig Geduld für solche Erklärungen. Die digitale Welt wird auf stumm geschaltet, die Kanäle der Kommunikation werden vorübergehend eingestellt, um dem wütenden Sturm zu entkommen.

Die Mohrenbräu-Brauerei, einst ein stolzes Unternehmen mit Wurzeln tief in der österreichischen Brautradition, zieht sich vorübergehend aus der digitalen Arena zurück. Der Vorhang fällt vorerst, aber die Frage nach der Zukunft des Namens und Logos bleibt, während die Schildbürger weiterhin auf der Suche nach Veränderung und Wandel durch die Straßen der Bedenken ziehen.

Die Schildbürgerliche Rassismus-Diskussion im Städtchen Oburg

Es war einmal im beschaulichen Schildbürgerland, im charmanten Örtchen Oburg, wo sich die Bürger alltäglichen Herausforderungen mit einer Mischung aus Begeisterung und einer Prise Schildbürgerstreich annahmen. Die Stadt wurde von einem fröhlichen

Wappen geziert, das seit Ewigkeiten den heiligen
Mauritius zeigte – einen freudigen Mann mit krausem
Haar, dicken Lippen und einem imposanten Ohrring.

Doch eines Tages schien Unruhe durch die Gassen zu
wehen. Zwei aufgeregte Bürgerinnen, Juliane Reutherix
und Alisha Archiefix aus dem fernen Erlin, die zufällig
ebenfalls Berfranken ihre Heimat nannten, machten sich
daran, die Gemüter zu erhitzen. Sie behaupteten, dass
das Wappen rassistisch sei und dass das Wort "Mohr" –
ein Begriff, der in vielen Schildbürger-Städten auftauchte
– eine problematische Konnotation trüge.

In einem großartigen Akt der Begeisterung starteten die
beiden Erlinerinnen eine Petition, um das Wappen zu
ändern. Sie waren überzeugt, dass ein Wandel notwendig
war, um mit der Zeit Schritt zu halten. Die
schildbürgerlichen Bewohner Oburgs waren jedoch nicht
so leicht zu überzeugen. "Unser Mohr ist ein feiner Kerl,
der unsere Stadt schützt. Das ist doch positiv!", riefen sie
begeistert. Die Idee, dass ihr geliebter Schutzpatron nun
als rassistisch betrachtet wurde, stimmte sie eher
verwirrt als zustimmend.

Im Rathaus von Oburg herrschte eine angeregte
Diskussion über das Wappen. Die Beamten versuchten,
den Stadtbewohnern zu erklären, dass das Bild nichts mit
Rassismus zu tun hatte und dass der heilige Mauritius
immer noch ein heiliger Mann war, ungeachtet seines
krausen Haares und der dicken Lippen. Doch Alisha
Archiefix blieb standhaft: "Ein rassistisches Bild hat nichts

mit Heiligen zu tun! Es ist an der Zeit für eine Veränderung!"

Als Antwort auf die Petition der Erlinerinnen begannen die Bürger von Oburg, eine eigene Unterschriftensammlung zu organisieren – gegen jegliche Veränderung des geliebten Wappens. Die Verwirrung in der Stadt wuchs, und die Schildbürger schienen zwischen Begeisterung für ihre Traditionen und den neuen, aufgeworfenen Fragen hin- und hergerissen zu sein.

Die Geschichte vom „Oburger Mohren" wurde zu einem wahren Schildbürgerstreich, der die Gemüter der Stadt in einen wahrhaftigen Tumult versetzte. Was als friedliche Heiligenverehrung begann, entwickelte sich zu einem bunten Durcheinander von Meinungen und Überzeugungen. Doch die Bewohner von Oburg, so schildbürgerlich wie eh und je, hielten unbeirrt an ihrem geliebten Wappen fest, während die Diskussion über Rassismus im schelmischen Nebel der Schildbürgerlichkeit verwehte.

Wörter bilden eine Vorstellung

Gewiß macht es keinen alzugroßen Unterschied, ob ich zu jemandem sage „du Idiot" oder „sie Idiot. Die Wirkung und Reaktion dürfte gleich ausfallen. Aber es entsteht bei dem angesprochenen doch ein inneres Bild, eine Vorstellung was gemeint sein könnte. Tatsächlich bleibt jedoch bei Wörtern und Ausrücken eine gewisse

Unschärfe dessen, was tatsächlich gemeint ist. Wir brauchen jedoch nicht zur Heisenbergschen Unschärferelation abdriften, um zu verstehen, wie ungenau Worte, Sätze und Aussagen in ihrem Kern sind.

In der Wissenschaftssprache versucht man daher solche Unschärfen zu vermeiden. Völlig abwegig sind so verschwommene Formulierungen wie: „etwa", „ungefähr", „mehr oder weniger", „irgendwie", „im Großen und Ganzen", „unter Umständen", „eventuell", „durchaus", „manchmal", „gelegentlich", „gewissermaßen" oder Aussagen mit subjektive Wertungen wie „das beste Buch zu dem Thema", „das genaueste Experiment", „das beeindruckende Werk" zu tätigen. Ebenso ist es verpönt Übertreibungen wie „sehr", „extrem", „massenhaft" benutzen oder Wörter zu verwenden, mit denen die Bedeutung verstärkt wird: „unglaublich", „hervorragend", „beeindruckend", „selbstverständlich".

Da die Schildbürger gemeinhin keine wissenschaftlich geregelte Sprache pflegen, entstehen sprachliche Ungenauigkeiten. Diese führen zu Interpretationen, Irritationen, Diskussionen und schließlich zur ethisch-moralischen Exkommunikation von Autor*innen, selbst wenn diese nicht mehr unter den Lebenden weilen.

Jetzt war ich mir unsicher in meiner Sprachwahl bezüglich 'Autoren' oder 'Autorinnen', 'Leser' oder 'Leserinnen'... Ich gestehe, das richtige 'Gendern' ist eine neue Form schriftlicher und sprachlicher Kommunikation, in die man sich erst hineinfühlen muss. Denn gelebte Wokeness bedeutet die gesteigerte Form der Political Correctness: Sei wach, richte über andere und fühle dich dabei gut.

Ich kann mir vorstellen, was Sie mit der Schärfe Ihres analytischen Verstandes denken: 'Moralischer Opportunismus und ökonomischer Eigennutz sind schlechte Bettgefährten, aber weit verbreitet.'

Nicht alle in den Schildbürgerlanden verfügen über diesen Verstand. Sie benötigen ihn auch nicht, sondern erklimmen politische Positionen und Ämter, um mit weiteren woken Mahnungen ihr Ansehen zu steigern.

Unterstützung finden sie zumeist unreflektiert durch die Medien. 1974 erschien Heinrich Bölls wohl bekannteste Erzählung: Die verlorene Ehre der Katharina Blum. Oder: wie Gewalt entstehen und wohin sie führen kann – eine Abrechnung mit der Informationspraxis der Springer-Presse, darüber hinaus aber auch ein Text über die Macht der Information und die durch den Missbrauch der Mediensprache entstehende Gewalt. »Wohin sie führen kann« zeigt sich, als Katharina am Schluss den tödlichen Schuss auf den Journalisten Tötges abgibt.

Wie die Macht der Presse, der Radio- und Fernsehmedien zur einer fast hypnotischen Angst der Schildbürger führte zweigte sich bei der Impfpropaganda mit lancierten Halbwahrheiten der öffentlichen Stellen in den Schildbürgerländern.

Werfen wir ein paar Blicke auf die gefundenen literarischen Unschärfen Relationen.

Kommt jetzt eine Bücherverbrennung?

Die Schildbürger, bekannt für ihre originellen Methoden, gingen in der Vergangenheit zu drastischen Mitteln über, um unliebsame Meinungen und Aussagen zu verhindern. Eine der eklatantesten Formen der Zensur war die demonstrative Zerstörung von missliebigen Büchern durch Feuer, eine Praxis, die als Extremfall der Meinungsunterdrückung galt.

Die Wurzeln dieser vernichtenden Vorgehensweise reichen bis in die Antike zurück, und sie wurde sowohl von staatlichen und religiösen Autoritäten als auch von Andersdenkenden als Protestinstrument genutzt. Oftmals ging dieser drastischen Maßnahme ein ordentliches Gerichtsverfahren voraus. Ironischerweise führte die Verbrennung missliebiger Schriften nicht selten zu einer heimlichen Wiederverbreitung der Texte, wie es beispielsweise bei den Schriften des Reformators Martin Luther der Fall war.

Besonders im 17. und 18. Jahrhundert war die römisch-katholische Kirche in Europa für zahlreiche Bücherverbrennungen verantwortlich. Ein trauriges Highlight bildete die verheerende Aktion des Franziskanermönchs Diego de Landa im Jahr 1561 in Mexiko, bei der sämtliche auffindbare Maya-

Handschriften verbrannt wurden, was zu einer beispiellosen Vernichtung schriftlichen Kulturguts führte. Heutzutage sind nur noch vier Maya-Codices weltweit erhalten.

Ein düsteres Kapitel der Bücherverbrennungen schrieb auch das nationalsozialistische Deutschland ab 1933. Öffentlich inszenierte Bücherverbrennungen in zahlreichen deutschen Städten waren Vorboten einer beispiellosen Vertreibung und Verfolgung von Autoren.

Auch in jüngerer Zeit sind Bücherverbrennungen zu verzeichnen. Im Jahr 1989 verbrannten Muslime in Bradford, Großbritannien, auf einer Demonstration den Roman "Die satanischen Verse" von Salman Rushdie. 2012 warfen US-Soldaten auf einem Stützpunkt in Afghanistan den Koran ins Feuer, was zu internationalen Spannungen führte.

Die Geschichte der Bücherverbrennungen zeigt, dass selbst in der Moderne drastische Maßnahmen ergriffen wurden, um missliebige Meinungen zu unterdrücken – eine Praxis, die in ihrer Absurdität aus heutiger vernunftbegleitender Sicht unmoralisch ist.

Schau'n wir mal, wie's Kanzler Cholz in Schildbürgen rüberbrachte: Steh'n wir grad an so 'ner Zeitenwende? Er hat echt bewiesen, dass 'n gesprochenes Wort, so in Form von Versprechungen und Zusage, irgendwie nix wert is – und dass gebrochene Versprechen und Zusagen so 'n bisschen 'n fester Bestandteil von seinem politischen Tun zu sein scheinen, um es als gut schildbürgerisch zu formulieren.

Es scheint, dass nur das geschrieben Wort von Wert ist, so dass es notfalls vernichtet werden muss. Da sich Werte jedoch ändern muss in Zeiten von Cancel Culture durch die engagiertesten ihrer Bewegung geändert werden.

Woke Denkweisen und Überzeugungen haben sich inzwischen in verschiedenen Bereichen wie NGOs, Institutionen, den Medien, Unternehmen und der Filmbranche festgesetzt, eine Entwicklung, die kürzlich auch von der ZEIT kommentiert wurde. Diese Ansichten werden oft unkritisch in etablierten Medienkanälen wiederholt, was ihnen den Anschein von Unwiderlegbarkeit verleiht. Dadurch beginnen sie allmählich, unbemerkt in das Bewusstsein der Konsumenten einzudringen und werden mit der Zeit als die empfundene Wirklichkeit akzeptiert. Noch bedeutsamer ist, dass diese woken Überzeugungen durch Identitätspolitik möglicherweise zukünftig Eingang in die Gesetzgebung finden könnten, wie zum Beispiel beim Selbstbestimmungsgesetz.

Wokeness und die Struktur westlicher Gesellschaften: Eine kritische Betrachtung
In den letzten Jahren hat sich das Konzept der Wokeness zu einem zentralen Diskussionspunkt innerhalb westlicher Gesellschaften entwickelt. Dieses Konzept, ursprünglich gedacht als ein Bewusstsein über soziale

Ungerechtigkeiten, hat sich zu einer weitreichenden Ideologie entwickelt, die von strukturellem Rassismus, Sexismus, Ableismus und weiteren Formen der Diskriminierung ausgeht. Diese Ideologie behauptet, dass die Verfasstheit westlicher Gesellschaften einzig und allein durch diese Unterdrückungsmechanismen erklärt werden kann.
Strukturelle Diskriminierung als Grundannahme

Struktureller Rassismus

Die Wokeness-Bewegung vertritt die Ansicht, dass westliche Gesellschaften von Grund auf rassistisch strukturiert sind. Weiße bzw. als weiß wahrgenommene Menschen werden als automatisch in ein rassistisches System eingebunden gesehen, wodurch Rassismus unbewusst fortgetragen wird.

Struktureller Sexismus und Ableismus

Neben Rassismus werden auch Sexismus und Ableismus als tief in der Gesellschaft verwurzelte Strukturen betrachtet. Diskriminierung aufgrund des Geschlechts oder körperlicher Merkmale wird als allgegenwärtig angesehen, wobei diese Formen der Benachteiligung oft miteinander verflochten sind und sich gegenseitig verstärken.

Weitere Diskriminierungsformen

Die Ideologie geht zudem von einer Vielzahl weiterer
Diskriminierungsarten aus, die alle Aspekte des
gesellschaftlichen Lebens durchdringen. Dies
unterstreicht die Wokeness-Bewegung durch den Fokus
auf Intersektionalität, die die Überschneidungen
verschiedener Diskriminierungsformen und die daraus
resultierenden Mehrfachbenachteiligungen betont.

Die Rolle von Gruppenidentitäten und Intersektionalität

Die Einteilung der Gesellschaft in verschiedene
Gruppenidentitäten nach Hautfarbe, sexueller
Orientierung, körperlichen Merkmalen und anderen
Kriterien ist ein wesentlicher Bestandteil der Wokeness-
Bewegung. Durch das Prinzip der Intersektionalität sollen
Mehrfachdiskriminierungen erkannt und adressiert
werden, was dem woken Weltbild eine Scheinseriösität
und -wissenschaftlichkeit verleiht.

Kritische Betrachtung der Wokeness-Bewegung

Die Universalisierung von Diskriminierung als das allein
bestimmende Merkmal westlicher Gesellschaften ist ein
zentraler Kritikpunkt an der Wokeness-Bewegung. Die
Gefahr besteht, dass komplexe soziale Probleme
übergeneralisiert und vereinfacht dargestellt werden,

was zu einer polarisierenden und vereinfachenden Sichtweise auf gesellschaftliche Strukturen führt. Es wird argumentiert, dass durch die pauschale Annahme von Unterdrückungsverhältnissen und die starke Betonung von Gruppenidentitäten die Komplexität individueller Erfahrungen und die Vielfältigkeit sozialer Interaktionen vernachlässigt werden.
Fazit

Die Wokeness-Bewegung hat zweifellos wichtige Diskussionen über soziale Ungerechtigkeiten und Diskriminierungen angestoßen. Doch die Art und Weise, wie diese Diskussionen geführt werden, und die grundlegenden Annahmen, die der Bewegung zugrunde liegen, bergen das Risiko, dass die Debatte in eine Richtung gelenkt wird, die mehr spaltet als vereint. Eine ausgewogenere, differenziertere Betrachtungsweise, die die Komplexität sozialer Phänomene anerkennt, könnte einen produktiveren Beitrag zum gesellschaftlichen Zusammenhalt leisten.
Die Verlage reagieren

Immer wieder wurde Michael Endes Kinderbuchklassiker „Jim Knopf" eine rassistische Sprache vorgeworfen. Jetzt reagierte der Verlag mit Änderungen am Text und den Illustrationen und entfernt den Begriff Neger, was ja verständlich ist, da auch Mohrenkopf und Negerkuss irgendwie heißen müssen.

Bereits 2013 waren die Ausdrücke in neueren Ausgaben des Kinderbuchklassikers Pippi Langstrumpf schon durch

Südseekönig und Südseeprinzessin ausgetauscht – zwei Wörter, die den Vorlesern schon länger in Fußnoten als Alternativen vorgeschlagen wurden. Kurz darauf wurden auch die Negerlein in Ottfried Preußlers „Die kleine Hexe" durch Messerwerfer ersetzt. Das hatte der greise Autor noch selbst genehmigt.

Gerade auch im Hinblick darauf, dass durch den Nationalsozialismus mit ihrem Stichwort die „schwarze Schmach", welches aus der Besetzung von Teilen Westdeutschlands durch französische Truppen Anfang der Zwanzigerjahre, bei der auch Soldaten aus den afrikanischen Kolonien eingesetzt wurden, gewisse Befindlichkeiten vorhanden sind. Allerdings zeigte sich der Unterschied zwischen eher freundlichem Mohr und Neger schon darin, dass es keine den gehässigen Negermusik oder vernegern vergleichbare Wortbildungen mit Mohr gegeben zu haben scheint.

Bis in die 1970er Jahre wurde das Wort "Neger" ohne negative Konnotationen verwendet, teilweise auch, weil Bürgerrechtler wie Martin Luther King den Begriff "negroes" im Englischen nutzten. Der Ausdruck "Nigger" wurde hingegen als deutlich verletzender angesehen und stammt ursprünglich aus dem 19. Jahrhundert aus den USA. Selbst in den 1980er Jahren gebrauchten manche Künstler und Intellektuelle, die eher dem linken Spektrum zuzuordnen waren, den Begriff "Neger" in einer Art und Weise, die bewusst spielerisch die damals bereits aufkeimende Debatte um sprachliche Sensibilität herausforderte.

Lassen wir uns nun wieder eintauschen in die Welt der
Schildbürger.

Schildbürger und Agatha Christie

Im wahren Geiste der Schildbürger wird nun sogar
Agatha Christie Opfer der kulturellen Bereinigung. Die
neueste Welle von Säuberungsaktionen richtet sich
gegen Romane, und nach Roald Dahl ist nun die "Queen
of Crime" selbst betroffen.
Doch zunächst zu Roald Dahl, der für seine Kinderbücher
bekannt ist. Er hat einige seiner Werke in einem anderen
kulturellen Kontext und zu einer anderen Zeit
geschrieben. Daher könnten moderne Leser in einigen
seiner Werke Aspekte finden, die als problematisch oder
unangemessen betrachtet werden könnten. Ein Beispiel
dafür ist die Überarbeitung von "Charlie und die
Schokoladenfabrik", bei der einige Begriffe geändert
wurden, um politisch korrekter zu sein. Roald Dahls
Werke wurden bereits bearbeitet, bei denen bestimmte
Begriffe und Bezüge zur Kolonialzeit getilgt wurden.

Sensitivity Reader, diese Berufsleser, die im Auftrag
schreckhafter Verlage "Aua" schreien, wenn ein Wort
jemanden beleidigen könnte, haben sich auch durch
Christies Werke gearbeitet.

Nun sollen Agatha Christies Formulierungen wie "ein
Oberkörper wie aus schwarzem Marmor" verschwinden,

da sie als anstößig empfunden werden. Doch die Absurdität hört hier nicht auf. Auch die James Bond-Romane von Ian Fleming sollen einer moralischen "Reinigung" unterzogen werden. Die Frage stellt sich: Wenn man dem Charakter all diese Eigenschaften nimmt, bleibt dann überhaupt noch der originale 007 übrig? Steht der Name Fleming dann noch zu Recht auf dem Cover?

Vielleicht wäre es in Zukunft besser, Bücher auf dem Flohmarkt zu kaufen. Das spart nicht nur Geld, sondern ermöglicht es, das zu lesen, was der Autor wirklich geschrieben hat, unabhängig von der zeitgenössischen Perspektive. Ob das nun als wertvoll oder fragwürdig betrachtet wird.

Cancel Culture : Schriftsteller vor dem Sittengericht

In dem verträumten Lande, wo die Weisheit oft auf dem Kopf steht und der gesunde Menschenverstand manchmal Urlaub zu machen scheint, entbrannte seit einiger Zeit ein Streit, der die Gemüter erhitzte und für wilde Diskussionen am Marktplatz der Meinungen sorgte. Es ging um nichts Geringeres als die Frage: Sollen wir, die klugen Schildbürger, uns auch der modernen Hexenjagd anschließen, die da draußen in der großen Welt unter dem Banner der "Cancel Culture" segelt?

"Cancel Culture", ein Schreckgespenst, frisch importiert aus dem fernen Merika, wo die Freiheit wohnt, aber auch ihre Tücken hat, hatte nun auch das beschauliche Schilda erreicht. Die Geschichte begann, als Herr Twindle und Frau Lindgreen die Gerüchte vernahmen und in ihrem Geist ihre Nase in ihre Bücher wie "Huckleberry Finn" und "Pippi Langstrumpf" steckten und plötzlich vor lauter moralischen Bedenken nicht mehr in ihrer Ewigkeit ruhen konnten.

"Eine Sittengerichtsbarkeit muss her!", riefen einige. "Wir müssen unsere Kinder vor diesen unmoralischen Schriften schützen!" Andere hingegen kratzten sich am Kopf und fragten sich, ob das nicht ein bisschen übertrieben sei.

In einem beispiellosen Akt der Selbstorganisation riefen die Schildbürger zu einem großen Rat zusammen. "Sollen wir wirklich Bücher verbannen, die Generationen von Schildbürgern geprägt haben?", fragte ein Oberdenker und fügte mit einem Augenzwinkern hinzu: "Ich meine, wir haben schon versucht, das Licht in Säcken ins Rathaus zu tragen. Vielleicht sollten wir uns zweimal überlegen, ob wir auch noch die Dunkelheit der Unwissenheit hereinlassen wollen."

Das Sittengericht tagte in allen öffentlichen Medien, und die Debatte war so hitzig, dass sogar der Stadtesel, der sonst kein Interesse an kulturellen Angelegenheiten zeigte, seine Ohren spitzte. Die einen argumentierten, dass es höchste Zeit sei, die gesamte Schildbürgerwelt von allem Unmoralischen zu säubern. "Stellen Sie sich vor, unsere Kinder lernen, frei zu denken und Fragen zu stellen!", riefen sie entsetzt aus.

Die anderen jedoch, angeführt von Herrn Musk, dem lokalen Tüftler und Erfinder (der einmal versucht hatte, einen Wagen zu bauen, der rückwärts genauso schnell fährt wie vorwärts, um niemals umdrehen zu müssen), riefen: "Cancelt die Cancel Culture! Freiheit für die Gedanken! Lasst uns lieber Brücken bauen als Bücher zu verbrennen."

Am Ende, nach stundenlangen Debatten, beschlossen die Schildbürger, dass sie ihre Energie besser auf wirklich schildbürgerliche Probleme konzentrieren sollten, wie die Frage, wie man Regenwasser effektiv sammeln kann, ohne die Wolken direkt über der Stadt einfangen zu müssen.

So schien die große Schildaer Cancel-Culture-Debatte nicht mit dem Verbot von Büchern, sondern mit der Erkenntnis zu enden, dass es im Schildbürgerland wichtigere Dinge gibt, über die man sich den Kopf zerbrechen sollte – wie zum Beispiel, wie man die Stadtuhr so einstellen kann, dass sie nicht bei jedem Vollmond rückwärts läuft.

Doch in einer unerwarteten Wendung, inspiriert von den fernen Ländern, wo das Feuer der Cancel Culture hell lodert, entschied eine kleine, aber lautstarke Gruppe von Schildbürgern, dass es an der Zeit sei, ein Exempel zu statuieren – ein drastischer Schritt, um die Moral der Lande zu wahren. Die Entscheidung fiel: Einige

ausgewählte Bücher sollten verboten und öffentlich
verbannt oder umgeschrieben werden, um die Reinheit
der schildbürgerlichen Gedankenwelt zu schützen.

Woke-Washing

In Regionen, die von Fragen über den richtigen Konsum
beherrscht wurde, leben bekanntlich auch Schildbürger.
Sie standen vor der großen Herausforderung zu
verstehen, was wirklich hinter den politischen
Botschaften der Unternehmen steckte. Nike, ein großer
Konzern, brachte die Gemüter zum Brodeln. Propagierte
er Antirassismus und Feminismus in seinen
Werbekampagnen? Doch die Schildbürger stellten sich
die Frage: Sind die Nike-Produkte wirklich okay? War das
Engagement des Unternehmens für soziale Themen echt
oder nur eine Illusion?

Die Verwirrung in der Stadt nahm weiter zu, als Elon
Musk Twitter übernahm. Die Schildbürger, die sich
bereits über ihre Konsumgewohnheiten Sorgen gemacht
hatten, waren nun unsicher, ob es noch vertretbar war,
auf Twitter zu sein. Musk, ein innovativer Unternehmer,
sorgte in den Reihen der Schildbürger für Kontroversen
und Unsicherheit. Die Schildbürger diskutierten, ob sie
dem neuen Besitzer vertrauen sollten oder ob es besser
wäre, sich aus der digitalen Welt zurückzuziehen.

In ihrem Bemühen, die richtigen Entscheidungen zu
treffen, begaben sich die Schildbürger auf die Suche nach

ethischem Konsum. Die Fragen nach palmölfreier Haselnusscreme und umweltfreundlichen Produkten wurden zu zentralen Themen. Die Schildbürger wollten Produkte, die den Amazonas-Regenwald nicht zerstörten, und suchten nach Wegen, ihren Konsum mit ihren moralischen Überzeugungen in Einklang zu bringen.

Während die Diskussionen in der Stadt weitergingen, versuchten die Schildbürger zu verstehen, welche Bedeutung das politische Engagement von Unternehmen wirklich hatte. Sie stellten sich die Frage, ob Unternehmen tatsächlich eine ernsthafte politische Haltung einnahmen oder ob es nur um Woke-Washing ging – eine oberflächliche, imagefördernde Taktik. In ihrem Bestreben, die Wahrheit zu enthüllen, begaben sich die Schildbürger auf eine Reise durch die Welt des Konsums und der politischen Botschaften der Unternehmen.

Der Begriff "woke" zuerst von aufmerksamen Bürgern im Zusammenhang mit dem steigenden Bewusstsein gegenüber Rassismus verwendet. Insbesondere nach der Black-Lives-Matter-Bewegung im Jahr 2014 wurde dieses Erwachen im Umgang mit sozialen Themen zum Mainstream. Doch anders als bei der bisher negativ behafteten Political Correctness, schien "woke" zunächst noch eine neutralere Bedeutung zu haben.

it der Zeit jedoch begannen die Schildbürger zu bemerken, wie sich das Image von "woke" wandelte. Zunehmend wurde der Begriff synonym mit

"Selbstgerechtigkeit" und dem "An-den-Pranger-stellen" von anderen verwendet. Die Schildbürger diskutierten intensiv darüber, wie ein Begriff, der einst für soziale Gerechtigkeit stand, nun eine negative Konnotation erhielt.

Die Gemeinschaft stand vor der Herausforderung, zwischen Selbstgerechtigkeit und echter sozialer Gerechtigkeit zu unterscheiden. Einige Bürger verwendeten "woke" weiterhin, um ihre offene Haltung gegenüber Sexismus, Rassismus und Umweltschutz zu betonen. Andere jedoch nutzten den Begriff, um sich selbstgerecht zu präsentieren und andere zu kritisieren.

Die Schildbürger, die nach einer neutraleren Verwendung von "woke" strebten, begaben sich auf die Suche nach der Wahrheit. Sie wollten verstehen, ob der Begriff wirklich für soziale Gerechtigkeit stand oder ob er bereits von Selbstgerechtigkeit überlagert war. In Diskussionen und Debatten versuchten sie, die unterschiedlichen Perspektiven innerhalb der Stadt zu verstehen und einen Weg zu finden, wie "woke" wieder seine ursprüngliche Bedeutung zurückgewinnen konnte.

In der Schildbürger-Gemeinschaft wurde viel über die Bedeutung von Woke-Washing diskutiert. Es schien, als ob Unternehmen zunehmend versuchten, mit Symbolen der Haltung zu werben, ohne dabei wirklich tiefgründige Überzeugungen zu vertreten. Die Bürger erkannten, dass diese rein symbolischen Gesten, die oft als "Woke-Washing" bezeichnet wurden, wenig Substanz hatten. Es wurde deutlich, dass Firmen sich ein engagiertes Mäntelchen umhängten, das jedoch oft nur oberflächlich war.

In der Welt der Werbetechnik war den Schildbürgern bewusst, dass viele Unternehmen nach einem tieferen Zweck suchten, um ihre Existenz zu rechtfertigen. Dabei wurde klar, dass reine Gewinnmaximierung und Produktvertrieb allein nicht mehr ausreichten. Die Unternehmensberatungen empfahlen einen "purpose", einen Zweck, der über das Produkt hinausging und eine tiefere Bedeutung vermittelte. In diesem Kapitel versuchten die Bürger der Stadt zu verstehen, wie ein solcher Zweck authentisch sein konnte und nicht nur oberflächliches Woke-Washing darstellte.

Die Schildbürger erforschten, wie Unternehmen einen echten "purpose" finden konnten. Sie fragten sich, wie Firmen ihre Haltung überzeugend nach außen tragen konnten, ohne in die Falle des reinen Symbolismus zu tappen. Die Diskussionen drehten sich darum, wie Unternehmen einen tieferen Sinn in ihren Handlung en und Botschaften verankern konnten, der über die reine Werbung hinausging.
Die Bürger aufmerksam, wie große Bewegungen wie Black Lives Matter, #MeToo und Fridays for Future das politische Bewusstsein der Konsumenten prägten. Doch sie bemerkten auch, dass Firmen in dieser Entwicklung mal mehr, mal weniger glaubwürdig folgten. Ein besonders interessantes Beispiel war Nike, der Sportartikelhersteller, der in den vergangenen Jahren

stark auf antirassistische und feministische Botschaften
zu setzen schien.

Obwohl das Unternehmen werbetechnisch stark auf
antirassistische und feministische Botschaften setzte,
wurde bekannt, dass Nike-Gründer Philip Knight
ausgerechnet eine republikanische Trump-Anhängerin
und Abtreibungsgegnerin unterstützte. Die Bürger
diskutierten über diesen Einbruch auf halbem Weg zum
woken Unternehmen und hinterfragten die Authentizität
der Botschaften. Die Bürger erfuhren von den
langjährigen Vorwürfen gegen Nike in Bezug auf
schlechte Arbeitsbedingungen und Intransparenz in ihren
Zulieferbetrieben. Die Kritik begann bereits in den
1990er-Jahren, als der Begriff "Sweatshops" bekannt
wurde, um Fabriken zu beschreiben, in denen die
Arbeitsbedingungen extrem schlecht und die Löhne sehr
niedrig waren.

Die United Students Against Sweatshops, eine
Vereinigung von Studierenden, setzte sich für
existenzsichernde Löhne, bessere Arbeitsbedingungen
und das Recht, Gewerkschaften zu gründen, ein. Nike
geriet wiederholt ins Visier dieser Vereinigung und wurde
besonders scharf kritisiert. Die Bürger diskutierten über
den anhaltenden Kampf für bessere Arbeitsbedingungen
und die Verantwortung von Unternehmen wie Nike.

Trotz der langjährigen Kritik schien der Schrecken vor
negativer Publicity bei Nike nicht abzunehmen. Selbst im
Jahr 2016 berichtete das Worker Rights Consortium

(WRC), eine NGO zur Überwachung von Arbeitsrechten, von beunruhigenden Zuständen, darunter eingeschränktem Toilettenzugang, Zwangsüberstunden und Entlassungen von schwangeren Frauen. Die Bürger diskutierten über die Herausforderungen von Unternehmen, die trotz wiederholter Kritik an ihren Praktiken festhalten.

Schließlich erfuhren die Schildbürger von der Jubiläumskampagne des berühmten Nike-Slogans "Just Do It". Serena Williams, eine US-merikanische Tennislegende, wurde zur Patin der Kampagne und verlieh dem Slogan einen feministischen Subtext: "Mädels aus Compton spielen nicht Tennis. Sie dominieren es."
Nike holte auch den ehemaligen Football-Quarterback Colin Kaepernick für diese Kampagne, der durch sein Knien während der US-Nationalhymne gegen Rassismus und Polizeigewalt protestierte.

Glaube an etwas – auch wenn es bedeutet, dass du dafür alles aufgibst
Vier Jahre später, im Jahr 2018, überraschte Nike erneut mit einer Kampagne, die den ehemaligen Quarterback Colin Kaepernick in den Fokus rückte. Das Sujet zeigte Kaepernick mit dem Zitat "Glaube an etwas. Auch wenn es bedeutet, dass du dafür alles aufgibst." Die Schildbürger verfolgten gespannt, wie diese Anspielung auf die NFL und den Protest gegen Rassismus Wellen schlug.

Die Bürger erkannten, dass der Weg zur Wokenheit für
Unternehmen nicht einfach war. Sie diskutierten über die
Herausforderungen und Widersprüche, mit denen Firmen
konfrontiert wurden, wenn sie sich auf politisch brisantes
Terrain begaben. Das Beispiel von Nike zeigte, dass selbst
Unternehmen, die stark auf soziale Botschaften setzten,
vor internen Widersprüchen und politischen Dilemmas
stehen konnten.

Es gibt einen Widerspruch zwischen den nach außen
getragenen Werten von Unternehmen und den
tatsächlichen Auswirkungen ihrer Gewinne. Ein
herausragendes Beispiel für Woke-Washing wurde in
einer Body-Positivity-Kampagne der Unterwäschemarke
Palmers entdeckt. Trotz der Inszenierung von Frauen mit
Konfektionsgröße 38 als Tabubruch und der Betonung
des Sich-Wohlfühlens mit jedem Körper wurde der
Widerspruch zu den vergangenen Jahrzehnten der
Idealisierung extrem schlanker Körper und der
Reduzierung von Frauen auf Sexobjekte offensichtlich.

Die Schildbürger erlebten auch, wie sich die Werbung für
Damenrasierer wandelte. Schönheitsargumente wurden
durch den Slogan "My Skin. My Way" von Gillette ersetzt,
der auf Selbstermächtigung abzielte. Auch
Periodenprodukte wurden nicht mehr nur mit Hygiene,
sondern mit einem feministischen Wording beworben,
das vom Kampf gegen Periodenscham bis zur
Selbstbestimmung reichte. Werbekampagnen für
Produkte, die Frauen betrafen, betonten vermehrt das
Streben nach Selbstbewusstsein.

Die politische Kurskorrektur bei Adidas. Die Zusammenarbeit mit dem Rapper Kanye West wurde beendet, was dem Unternehmen voraussichtlich 250 Millionen Euro Gewinneinbußen im vierten Quartal einbringen wird. Der Grund für diese drastische Maßnahme waren rassistische T-Shirts und als antisemitisch eingestufte Aussagen, die Kanye West in sozialen Netzwerken getätigt haben soll. Der öffentliche Druck auf Adidas erreichte schließlich einen Punkt, an dem das Unternehmen handeln musste.

Während die Schildbürger sich intensiv mit den Botschaften großer Unternehmen beschäftigten, stellten sie fest, dass die Ansprüche bezüglich Diversität und Antirassismus steigen, aber die Arbeits- und Produktionsbedingungen oft unter dem Radar bleiben. Die Kampagne Clean Clothes überprüft regelmäßig, ob Firmen sich zu existenzsichernden Löhnen verpflichten und konkrete Maßnahmen zur Umsetzung ergreifen. Adidas wurde in einem Bericht von 2019 kritisiert, da der Konzern keinen klaren Arbeitsplan zur Erhöhung der Löhne bei seinen Zulieferern entwickelt hatte.

Die Schildbürger begannen sich zu fragen, ob Unternehmen sich nur zu politischen Positionen äußern, die bereits breiten Rückhalt in der Gesellschaft haben. Ob sie unpopuläre Themen vermeiden und dabei die Realitäten ihrer Zulieferbetriebe im Dunkeln lassen. Steht das beworbene Produkt im krassen Widerspruch zur transportierten Botschaft? Die Suche nach Antworten auf

diese Fragen könnte das Woke-Washing dieser
Unternehmen schnell entlarven. Just do it.

Abschlusskapitel: Resümee und Ausblick

Resümee: Die Schildbürger im Spannungsfeld
gesellschaftlicher Entwicklungen

Das vorliegende Werk hat sich intensiv mit den
Schildbürgern in verschiedenen gesellschaftlichen
Kontexten auseinandergesetzt. Von der Wokeness-
Debatte über die Namensakrobatik bis hin zur Cancel
Culture und strukturellen Diskriminierungen, wurden die
Schildbürger in facettenreichen Situationen betrachtet.
Die Kapitel zeigen, wie unterschiedliche gesellschaftliche
Strömungen und Diskussionen Einfluss auf die
Wahrnehmung und Handlungen der Schildbürger
nehmen.

Ausblick: Herausforderungen und Perspektiven für die
Schildbürger

Die Schildbürger stehen vor zahlreichen
Herausforderungen und Veränderungen in einer Welt, die
von kontroversen Debatten und sich wandelnden
Normen geprägt ist. Die Auseinandersetzung mit
Wokeness, Cancel Culture und anderen
gesellschaftlichen Phänomenen wirft die Frage auf, wie
die Schildbürger mit diesen Entwicklungen umgehen
werden.

Dieses Abschlusskapitel bietet Raum für Reflexion und Ausblick auf mögliche Entwicklungen. Wie werden die Schildbürger ihre Identität bewahren oder verändern? Welche Rolle spielen kulturelle und gesellschaftliche Veränderungen in ihrem Alltag? Und wie werden die Schildbürger in der Zukunft mit neuen Herausforderungen umgehen?

Der Blick auf die Vergangenheit und die aktuellen Entwicklungen gibt uns einen Einblick in die Dynamik und Vielschichtigkeit der Schildbürgerwelt. Möge dieses Werk Anstoß für weitere Betrachtungen und Diskussionen bieten, um die Welt der Schildbürger in ihrer ganzen Komplexität zu verstehen.

Weitere Schildbürger-Bücher

Unsere Gesellschaften sind im stetigen Wandel und so manches könnte als ein wenig verrückt angesehen werden. Aus diesem Grund werden weitere abenteuertliche Geschichten im Schildbürger-Stil entstehen.

Bisher erschienen sind:

Die Schildbürger anno dazumal - Sonderedition
Eine moderne Neuerzählung für alle Altersgruppen -
Sonderedition mit
entzückenden Pixelgrafiken in **Farbe**

Sonderedition in Farbe:
ISBN Softcover 978-3-384-08679-2
ISBN Hardcover 978-3-384-08680-8
ISBN E-Book 978-3-384-08681-5

Die preiswertere Ausgabe ohne Farbdruck finden Sie als:
Das Schildbürger Buch anno dazumal
Eine moderne Neuerzählung der Schildbürger für alle
Altersgruppen - mit entzückenden
Pixelgrafiken

Weihnachtbaumverbot Kita: Die verrückten Entscheidungen der Schildbürger

Schildbürgerstreich Kindergarten: Wie der Weihnachtsbaum verbannt wurde

Softcover ISBN: 978-3-384-09801-6
Hardcover ISBN: 978-3-384-09802-3
E-Book ISBN: 978-3-384-09803-0

Impressum

Autor und Design
Holger Kiefer
Kopernikusstr. 14
D-90766 Fürth
0162-9291723
beratungholgerkiefer@gmx.de
Copyright by Holger Kiefer

Eine Reihe von Büchern für Erwachsene von mir geschrieben
finden sich auf:
https://heil-weg.de/verlag und auf
https://kiefer-coaching.de/verlag

**Meine Bücher zu Themen der Gesundheit beim
heil-weg.de/verlag:**

Depressionen besser verstehen und überwinden für Kinder
Jugendliche Erwachsene

Marc Segar ich habe Asperger-Syndrom
Mein Leben, meine Erfahrung, wie man als Autist besser
überlebt

CBD-Öl zur Behandlung von Autismus – Studie bei Autismus-
Spektrum-Störung

Wenn Neuleptil, Abilify, Tavor bei Autismus-Spektrum-
Störungen nicht helfen

Autismus und Schlaf bei Autismus-Spektrum-Störungen
Studien zur Behandlung und Bewältigung von
Schlafproblemen mit Autismus-Spektrum-Störungen

Stammzelltherapie bei Autismus – Pro und Kontra: Aktuelle
Studien – S3-Leitlinie

Diagnose Insomnie – Schlafstörung
Neurodegenerative Erkrankung Schlafstörungen

So entsteht ein Mensch – von der Befruchtung bis zur Geburt
Ratgeber Schwangerschaft – Alle Phasen der Entwicklung von
Mutter und Kind

Alkohol Krankheiten und ihre Folgen Krebs durch Alkohol das
Krebsrisiko Alkoholismus: Alkoholiker welche Krebsarten löst
Alkohol aus – Erfahrungen – Informationen zu Alkoholsucht

Krebs durch Alkohol das Krebsrisiko – Welche Krebsarten löst
Alkohol aus – Erfahrungen – Informationen

Alkoholentzug und Entzugserscheinungen
Alkoholentzugssyndrom – Alkoholismus Alkoholentzug
Therapie bei Alkoholabhängigkeit

Alkohol gesundheitliche Folgen von Alkoholismus körperliche
Symptome und Auswirkungen auf die Psyche – Alkoholismus
Leitfaden für Fachkräfte

Ernährung für einen gesunden Darm – Empfohlene

Ernährungstipps für eine gesunde Verdauung nicht nur bei Magen-Darmproblem

Basiswissen Alzheimer – Alzheimer Demenz, Symptome und Hilfe für Angehörige

Schlafstörungen bei Alzheimer
Anzeichen für Alzheimer Schlafprobleme bewältigen – Prävention, neue Medikamente und Studien

Erworbene Hirnverletzung Schädel Hirn Trauma SHT – Gehirnverletzung Anzeichen Symptome Behandlung Verlauf Folgen und Spätfolgen von Schädel Hirn Trauma

Abulie und Akinetischer Mutismus Symptome – Abulie Mangel an Willenskraft Initiative Antriebslosigkeit Langsamkeit des Denkens Bradyphrenie Sprachstörung

Gut zu wissen – so funktioniert das Gehirn. Die Geheimnisse des Gehirns: Von der Hardware zur Software des erfolgreichen Denkens

Das Schlaf Buch – Schlaf gut ohne Schlafprobleme Schlaflosigkeit? – Endlich den Schlaf verbessern – nie mehr Schlaflos bei Agrypnie, Insomnie und Hyposomnie

Das Rückenprobleme Buch – Rückenschmerzen was hilft schnell – Heilverfahren TCM, Ayurveda, Übungen zusätzlich Ursachen Ödeme und Psychosomatische Beschwerden

Darmsanierung durch Darmflora Aufbau: Tipps zur Darmkur

Powerfood für Kinder und Jugendliche: Gesunde Ernährung für

Kinder Ratgeber für Eltern
Der Ernährungsratgeber: Für Säuglinge und Kleinkinder,
Kinder und Jugendliche, Erwachsene, schwangere Frauen und
stillende Mütter sowie ältere Erwachsene

Alles über Sonnenbrand und Sonnenschutz
Bewährte Hausmittel bei Sonnenbrand und mehr

Philosophen über Zufriedenheit – Zitate
Philosophie Glück – Zufriedenheit lernen – Zufriedenheit im
Leben Zitate der bekanntesten Philosophen

**Meine Bücher zu unterschiedlichen Themen beim kiefer-
coaching.de/verlag:**

Gratis Buch Kinderbuchkatalog

Horace das Einzigartige Nilpferd Eine Geschichte über
Selbstakzeptanz
Das Buch Horace das Einzigartige Nilpferd ein Buch zum
Vorlesen, Lesen und Ausmalen

Das Schildbürger Buch anno dazumal
Eine moderne Neuerzählung der Schildbürger für alle
Altersgruppen – mit entzückenden Pixelgrafiken

Weihnachtbaumverbot Kita: Die verrückten Entscheidungen
der Schildbürger
Schildbürgerstreich Kindergarten: Wie der Weihnachtsbaum
verbannt wurde

Glücklich als Single 49 Tipps für Singles

Friedensnobelpreis 2023 für die iranische Aktivistin Narges
Mohammadi

Abulie – Die verlorene Spur – Mein Kampf gegen den stillen
Antriebsverlust

Manifestieren Sie ihre Träume

Selbstwert von innen heraus

Was sind NFTs? – 4 YOU die NFT-Anleitung

Geld verdienen mit Devisenhandel Forex Trading

Konzentrationstraining für Kinder von Klein bis Groß
Arbeitsbuch und Anleitung

Dark Triad – Dunkle Triade
Narzissten – Psychopathen – Machiavelliste

Lernen von einem CIA-Agenten - die psychologische
Kriegsführung
USA, China, Russland, Europa - jeder ist in Gefahr - Ein CIA-
Insider packt aus
Die E-Book Version lautet: Verborgene Aktivitäten – wie man
Menschen zu Spionen macht